綾子とともに「反フレイル」

愛田幸夫
AIDA Sachio

文芸社

目次

序章

山本孝雄は一九七〇年に京都の大学を卒業して、東京に本社がある会社に就職した。板橋区東武練馬駅の近くにある四畳半一間のアパートで社会人生活を始め、同じ職場の綾子と結婚して、JR武蔵野線の新座駅から徒歩十五分にある小さな一軒家を借りて住んだ。

一年後に長男の洋平が誕生し、綾子は専業主婦として子育てに入った。

翌年に滋賀県大津市の工場に転勤してからは、ほぼ四年ごとに転勤することになった。三度目の転勤で孝雄の出身地にある支店勤務を命じられた際に、住宅ローンを組んで郊外に家を建てた。

その後は、大阪や広島、上海などに転勤して単身生活が続いた。ときに連休や出張を利用して家に立ち寄ることはあったが、家に落ち着くのは正月休みとゴールデンウィーク、夏季休暇に限られ、ほぼ家族とは別居状態という生活であった。

二〇〇九年の三月末に、三十九年間の勤めを終えてようやく自宅に落ち着いた。

一人息子の洋平は結婚して孝雄の家の近くに建売住宅を購入して住んでおり、綾子は洋平の嫁がパートで働いている間に二人の孫娘を預かっていた。

五歳と三歳になった孫娘と遊んでいると、孝雄は転勤生活で溜まっていた疲れが徐々に治まっていくのが感じ取れ癒やされていた。

この年、孝雄が地元の新聞に投稿した内容が掲載された。

アフ還の努め　五カ条

高齢化が進む日本において、アフ還（アフター還暦）の人たちが今後どのように生きるかは、ますます日本の将来に与える影響が大きくなっています。

アフ還の一人として次の五カ条に心がけ、少しでも社会に貢献し負担を軽減する生き方をしていきたい。

アフ還の努め五カ条
一、今まで生きてこられたことに感謝する。
　世話になった親、妻、子、兄弟、友人、社会に感謝して生きよう。

二、世の中に恩返しをする。
仕事、親の介護、ボランティア、孫の世話、何でもいいから恩返しをしよう。
三、健康に生きる努力をする。
スポーツ、散歩、趣味で健康の維持に努めよう。
四、明るい気持ちを持つ。
愚痴を言わない。
周りの人を和ませるような言動で笑いを取ろう。
五、この世を去る準備をしておく。
残る人たちに迷惑がかからないように、準備をしておく。

孝雄は長年の勤務生活で染みついた性分から、家でじっとしていることはできなかった。市内のスポーツジムを数カ所見て回り、規模が大きくて雰囲気の良さそうなところに決めて、休館日の木曜日を除いてほぼ毎日通った。
昼食を済ませて一息つくと、車でジムに出掛けスポーツウェアに着替える。マットの上でストレッチを三十分、マシンを使って筋トレを四十五分、ランニングマシンで二時間速歩をする。

施設の風呂に入って帰宅すると夕食の時間で、綾子の手料理が待っていた。
天気が良い日には、一人で近郊の低山の登山に出掛けるようにもなっていた。

第一章　自動車事故

二〇一九年三月

孝雄が居間のソファに座って、桜の開花状況を知らせるテレビのニュース番組に目をやっていると、机の上に置いたスマホの呼び出し音が響いた。

ＯＮにすると同時に、妻の綾子の叫ぶような声が聞こえてくる。

「おとうさん、車が壊れたの」

「どうしたんだ」

「車の前の方が壊れてるの」

「いま、どこにいるんだ」

「タナカ。

スーパータナカよ。

車が壊れたの」

「どこのタナカや」

「マツ薬局の隣のタナカよ。車が壊れて大変なのよ」

孝雄は綾子が食料品を買いに出掛けたことは知っていたが、どこの店に行くとは聞いていなかった。

よく「どの店が安い」、「どこのポイントが貯まる」とか言って買い物をしていたようだが、一緒に出掛けることはほとんどなかった。

「県営グラウンドがある方のマツ薬局か」

「そう、車が壊れたの」

孝雄はすぐに戸締まりをして、スーパータナカに向かった。


孝雄はスーパーの駐車場の奥に、綾子の姿を見つけた。

綾子の立っている横の駐車スペースに乗ってきた車を停めると、電話をしていた綾子が駆け寄ってきた。

綾子は少し青ざめている。

「けがはないのか」

「車が壊れてるの」

駐車場の奥の倉庫の壁の前に車が置かれている。

車の前方に回ると、車止めの前に綾子の自動車が停められていて、その横に車から外れたままのバンパーが並べられていた。

バンパーが取り付けられていた箇所は剥き出しになっており、ボディの前方は歪みへこんでいた。

「これが、どうして外れてるんだろう」

「どうなっているんや」

周りには人はいない。

倉庫の壁にぶつかったと思ったが、車の前方にある壁には車が当たった形跡がなく、この場所には車は綾子の車一台きりで、孝雄はキツネにつままれた思いがした。

しばらく考えていた。

「倉庫の壁にぶつかったのか？

しかし、形跡がないんだよなぁ」

どこか他の場所でぶつかったとしても、車とバンパーがきちんと並べられているのは不自然だ。

「どこに衝突したのか、覚えてないのか」

綾子は困ったように視線を落としている。

車の中に置いてあった買い物袋を見ると空で、買い物をする前の事故のようだ。

綾子が駐車場に車を停めようとしてそのまま車止めを乗り越え、倉庫の壁に衝突したのだろうと孝雄は推測した。

「緑の作業服を着た人が来て、帰っていいよと言っていた」

「作業着の人が、バンパーをここに置いてくれたのか」

「そう、でもどうして外れているの」

よほど驚いたのであろう。

綾子はその時の記憶がとんでいるようだ。

「頭や首や、どこか痛いところはないのか」

「どこも痛くない。

ねえ、車はどうしたの」

孝雄が綾子の車に乗り込みエンジンをかけてみると、すぐにいつもの軽い音が響いた。

「帰っていいよと言われたんだから、修理に持っていくか」

外れたバンパーを綾子の車に積み込んで、車を購入したディーラーに持っていくことにした。

ディーラーには五分ほどで着いた。

営業の担当者は不在であったが、修理担当の責任者が対応してくれた。

責任者は車の破損状態を確認しながら、いつ、どこで事故を起こしたかを孝雄に聞いてきた。

「これだけ車が壊れているんですから。

スーパータナカさんの倉庫もかなり傷んでいると思いますよ。

タナカさんに行かれて、もう一度確認された方がいいです」

「私が現場を見た限りでは、倉庫の壁は異常がなかったです。

家内が作業服を着た人に帰ってよいと言われたと言うので、そのまま来ましたが」

「そうであっても、タナカさんに戻ってもう一度確認された方がいいです。

当て逃げされたと訴えられることになるかもしれませんよ」

言われてみれば、綾子が言う「緑の作業服を着た人」が、スーパーの人であったかは不明である。

「分かりました。

今から戻って現場をもう一度確認してきます」

孝雄はディーラーを出て、再びスーパータナカに戻った。

綾子の車があとから付いてくる。

綾子が停めていた場所に車を停め、倉庫の周りを見て回った。

南側の壁の前に立って見回すと、コンクリートの基礎部分には異常がなかったが、上部のトタン板でできた部分がへこんでいる。

どうやら、コンクリートの基礎部分にバンパーが当たり、その衝撃でトタン板がへこんだようだ。

「ここにぶつかったんだろう」

「……」

「車を移動させたんだろ」

「分からない。

車が壊れていて、緑色の作業服を着た人が帰っていいよと言った」

綾子は先ほどと同じことを力なく繰り返す。

現場の状況から駐車場の南側の倉庫の壁に突っ込んだ後、西側に車とバンパーを移動させたと推測された。

緑色の作業服を着た人はスーパータナカとは関係のない人で、たまたま現場に居合わせて、外れたバンパーを運ぶ手伝いをしてくれたのだと思われる。

孝雄は店内に入り、レジの人に店長を呼び出してもらった。

しばらくすると、人の良さそうな店長が現れた。

「すみません。

三十分ほど前に、家内がお宅の倉庫の壁に車をぶつけて壁を壊してしまいました」

「ああ、お宅だったんですか。

倉庫の奥の方でドスンという音がしたので見に行ったら、棚から段ボールのケースが落ちていました。

先ほど気になって外回りを見に行ったら、壁のトタン板がへこんでいました。

当て逃げされたと、警察に届けようと思っていたところです」

孝雄は店長と一緒に倉庫の南側に行き、並んでへこんだ壁を見た。

「申し訳ありませんでした。

家内から連絡を受けて駆け付け確認したのですが、車が停まっていた場所が西側だったので、その時は気付きませんでした。

家内が緑色の作業服を着た人から帰っていいよと言われたと言うので、いったん修理業者に車を持っていったのですが気になって戻り、改めて確認しました。

それで、事故を起こした場所がここであると分かったんです。

破損した箇所の修理は私の方で手配させていただきますが」

少し間があって、店長が切り出した。

「店としては、倉庫の修理をしていただければよいわけで」

「すみませんでした。

今から警察に連絡を取りますので、現場立ち会いをお願いできませんか」

「店に戻っていますので、警察が来たら教えてください」

孝雄が店長とやり取りしている間、綾子は心細そうに黙って孝雄の脇に立っていた。

孝雄が警察に電話をすると、所轄の交番から現場に向かうと応答があった。

続いて、保険会社に連絡を取る。

保険会社の担当者は、現場の場所と時間、けがの有無や警察に連絡をしたかどうか、物損の状況などを手際良く確認して、現場検証が終わったら再度連絡するように指示をした。

孝雄のスマホが鳴った。

「さっき、お母さんから電話があったようだけど、何回電話しても出ないんだ。

何かあった?」

長男の洋平からであった。

綾子は事故の後、洋平にも電話をしていたようだ。

洋平の職場は車で五分ほどのところにある。

「今から、そっちに行くわ」

洋平が早口で言うと、白いバイクに乗った警官とほぼ同時に現場に現れた。

孝雄が店長を呼びに店内に行くと、慌ただしく店の奥の方から出てきて現場検証に立ち会った。

警官は、綾子の免許証と車検証、自賠責保険証を確認し、調書を作成して双方にサインをさせ、事故処理を終えた。

孝雄に続き、綾子と洋平が一緒に店長にお辞儀をした。

「すみませんでした。

倉庫の修理につきましては、こちらで手配させていただいてよろしいでしょうか。

業者に見積もりの手配をしますので、できましたら連絡します」

洋平が店長に名刺を手渡して、改めて頭を下げた。

「事故を起こしたのは私の母親です。

これからは私が責任を持って対応させていただきますので、こちらに連絡をお願いできませんか」

「分かりました」

洋平が改めて保険会社に連絡を取った。

物忘れ

孝雄は先月七十五歳になり、後期高齢者の仲間入りをしたところであった。

息子に迷惑をかけずに夫婦で生活できればと思っていたので、洋平には連絡を取っていなかった。

「ありがとう。

お母さんが連絡していたんだな」

「後のことはやっておくから大丈夫だよ。

それよりお母さんの車をディーラーに持っていってよ。

タナカさんとの話が終わったら、僕がディーラーに行って話をするから」

「申し訳ない。

後のことは頼むわ」

孝雄が子供に謝るのは初めてのことであった。

いつもの洋平は孝雄の問いかけに生返事をするだけだったが、今日はテキパキと動いている。

袖を肘までまくり上げた、日に焼けた腕が孝雄にはまぶしかった。

孝雄がディーラーに車を持っていくと、先ほどの修理責任者が対応してくれた。

スーパータナカでの経緯を説明し、見積もりの依頼をして帰宅した。


帰宅して居間のソファに座り、孝雄はしばらく目をつむり気持ちを落ち着かせた。

「お母さん、さっき事故を起こしたこと覚えている？」

「事故なんかしてないわ」

「うぅん、そうか覚えていないのか……。

本当に覚えていないのか」

孝雄が話しかけたが、綾子は聞き流している。

「車がなくなったし、もう運転しないよな」

「運転しない」

「買い物は俺が連れていくから、いつでも言って」

「歩いていくから、大丈夫」

何を覚えていて、何が記憶から消えているのか分からない。

「お母さん、最近、物忘れが多くなってきたと思わないか」

「そりゃ、スーパーに行ったとき買う物を忘れるとかはあるけど、歳なんだからしょうがないでしょ」

「俺も、最近物忘れが多くなってきている。

なぁ、一緒に心療内科に行かないか」

「えー?」

綾子は遠くを見るような目をしていたが、しばらくして、

「私は行かない、大丈夫だから」

と、ボソリと言った。

「物忘れが多くなったのは俺も一緒だから、一緒に病院に行ってみないか」

「私の頭がおかしくなったというの!!

私は行かない、大丈夫だから」

孝雄は黙るしかなかった。

綾子は庭に出て草取りを始めた。

孝雄はスマホで検索して探した、家の近くの心療内科クリニックに電話をかけた。

「家内が自動車で事故を起こしたのですが、事故の記憶がないのです。

今から連れていきますので診ていただけませんか」

「おけがはないのですか？」

「倉庫に自動車で突っ込んで壁を壊したのですが、物損事故でけがはありません。

でも、肝心の本人が事故の記憶がないのです」

「しばらくお待ちください」

医師に確認をしているようであった。

「自動車事故であれば、整形外科に行ってください」

「けがはないのです。

本人がどこも痛くないと言っているのです。

事故を起こした記憶がないので、認知症ではないかどうかを診てほしいのです」

「しばらくお待ちください」

今度は強い口調で返事があった。

「自動車事故ですから、おけがの確認のために先に整形外科に行ってください」

「整形外科に行けと言われても、どこもけがをしていないし痛くないのですよ」

「整形外科に行ってください」

孝雄は納得できなかったが、心療内科としては自動車事故とは関わりたくないのではと思い、諦めて電話を切った。

同時に、スマホが鳴った。

洋平からである。

「保険屋とディーラーとの話は済ませたから、後のことは任せといて。

車は修理代が高いので、廃車処分にするよ。

それと、お母さんはもう車に乗らない方がいいと思う」

「そうだな、廃車だな。

お母さんには車の運転をやめさせる」

「できるだけ早く免許証を返納するようにしてね」

洋平からの電話を切って、孝雄は綾子を呼んだ。

「お母さん、車は廃車にしたよ。

買い物や病院に行くときは、送っていくからいつでも言って」

「そう、廃車にしたのね。

分かったわ。

用事があるときはおとうさんに頼むわ」

「免許証を返納したらどうだ。

車もなくなるし」

「身分証明証になるから、期限切れになるまで持っている」

「そうか、そうするか」


その夜、孝雄は寝床の中で今日の事故のことを振り返っていた。

（タナカに駆け付けた時に、壁に向かって車とバンパーが整然と置かれていたのは不自然だった）

（……）

（車の前の壁に衝突した跡がなかったのも不自然であった。

倉庫の周りをもっと見て回っていれば、当たった場所がすぐに分かったのに）

（……）

（緑色の作業服を着た人がスーパーの従業員でないことも、よく考えれば分かったことだ）

（……）

（自分から洋平に連絡すればよかった）

（……）

うつらうつらしたが寝付くことはなかった。


翌日、遅めの朝食を済ませた孝雄は、食卓の椅子に座り直し綾子と向き合った。

「昨日、タナカの倉庫に車をぶつけたこと覚えている？」

綾子は首をかしげて黙っている。

「覚えていないんだあ。心療内科に行ってみないか」

綾子の表情が硬くなった。

「私の頭がおかしいというの!!」

「そうではなくて、事故のことを覚えていないから心配なんだ。病院に行って調べてもらった方がいいと思う」

孝雄が話を進めるにつれて、綾子の表情が固まり、顔色が悪くなってきた。

（これ以上言ってはいけない）
孝雄は心の中で呟き、綾子を病院に連れていくことを諦めてソファに座り込んだ。
（本当に事故のことを覚えていないんだろうか。
免許証の返納のことは話が通じているけど、事故のことは覚えていない）
孝雄はしばらく考え込む。
（記憶に残っていることと、全く記憶にないことがあるようだ。
何が記憶にあって、何が記憶から消えているのか、境界が分からんなあ）
理解ができなかった。

第二章　心療内科

追想

会社に勤めていた時、孝雄は常に手帳を持ち歩き、スケジュール管理をしていた。

退職後は五年手帳を購入して、日記代わりにスケジュールや日常生活で起こったことをメモして記録に残している。

一冊の手帳で五年間の記録が残せるので、何年前の同じ時期に何があったか遡ることができ、孝雄は大変重宝していた。

孝雄は綾子が起こした最近のトラブルを、手帳を見ながら振り返った。

キャッシュカード

二〇一八年四月。

綾子が買い物から帰ってくるなり、

「キャッシュカードが使えなくなった」

と言って、カードとＡＴＭから出てきた紙片を孝雄に差し出した。

「ただいまこのカードはご使用いただけません。

恐れ入りますが最寄りの銀行窓口にてお手続きをお願いします」

と、紙片に印字されていた。

孝雄と綾子は銀行の支店に出向き、窓口にカードと紙片を出して説明を受けた。

窓口の担当者は、本人確認の免許証と届出印を確認した。

「暗証番号を何度か間違えられたようです」

「お母さん、暗証番号を覚えているか」

「こちらに、暗証番号を打ち込んでいただけませんか」

「お間違えのようです」

「確か、〇〇〇〇じゃなかったか」

綾子は手提げ袋からメモを取り出して確認をしている。

孝雄がのぞき込むと、四桁の数字が二つ並んでいる。

「こっちの○○○○を打ってみて」

「合っています」

銀行員が答えた。

綾子は自分で暗証番号を変えてメモに書いたようである。

「暗証番号を変更される場合は銀行の窓口までお出でいただかないとできませんので、変更をご希望される場合は窓口で手続きをなさってください」

「すみませんでした」

まさか、自分で暗証番号を変えているとは思いもしませんでした」

半年ほど前に預金通帳をなくして再発行をしてもらっていたこともあり、孝雄は恐縮した。

家に帰ってから、孝雄は綾子に提案した。

「銀行のキャッシュカードを預かるけどいいか」

「じゃあ、私はお金が使えなくなってしまう」

「違う。

今まで通り買い物していいよ。

お金がなくなったときに言ってくれれば必要なだけ渡すから、キャッシュカードを預からせてくれないか。

暗証番号を間違えると、銀行の支店まで行かなくてはならない。

さっき銀行に行ったのは、暗証番号を何度も間違えたからだよ。

通帳をなくしたり、暗証番号を間違えたりするたびに支店に行くのは大変だろ」

「私の銀行の通帳、おとうさんが持っているよね」

綾子が不安そうな様子で尋ねる。

「通帳は預かっているよ。

どうして通帳を預かっているか、もう一度説明する。

この前、通帳がなくなって大騒ぎしたこと覚えている？

手提げ袋や引き出しの中、金庫の中を探したけど結局見つからなかった。

あの時も、一緒に銀行の支店に行って再発行してもらったよな。

覚えている？」

「……」

「駐車場が混んでいて並んだし、届出印やら本人確認やらで結構時間がかかったぞ。覚えてないかなあ」

「……」

繰り返して言った。

「今日のことだけど。

キャッシュカードが使えなくなって支店に一緒に行ったこと覚えている？」

綾子の返事はないが、記憶には残っているようだ。

「暗証番号を間違えると、支店まで出掛けて再登録をしなくてはならないんだよ。

暗証番号を間違えて使えなくなったのは今度で二度目だぞ。

そのたびに支店に行かなくてはならないんだ。

今までは、お母さんが自分でキャッシュカードを使って引き出していたけど、これからはお金の管理は俺がするよ。

買い物で使うお金がなくなってきたら、三万円を渡すようにする。

いつでも言ってくれれば、渡すから。

残高は、俺が月末に通帳記入して見せるようにする。

見たいときにはいつでも通帳を見せるから、言ってくれ」

「おとうさんが、お金の管理をしてくれるんだね」

「そうだ。お金がなくなってきたらいつでも言ってくれ。通帳が見たければいつでも見せるから、俺に任せろ」

しばらく間を置いてから、綾子はしぶしぶキャッシュカードを孝雄に差し出した。

そして財布を取り出して確認をした。

「少ししかないから、三万円ちょうだい」

孝雄は、自分の財布から三万円を出して渡した。もともと生活費は綾子の預金を使うつもりがなく、毎月初めに十万円を渡して綾子から請求があったときに追加で渡していた。

綾子は自分名義の通帳とキャッシュカードを持っていたので、時々ＡＴＭで一万円を引き出して残高を確認していたのである。

こうして綾子の口座の管理は孝雄に移管された。

台所のピーピー音

二〇一八年六月。

台所でピーピーと音がする。

綾子は、庭で花に水をやっている。

孝雄が台所に行ってみると、ガスレンジが鳴っていた。

コンロの上のやかんが空焚き状態になっており、警報音を発していたのだ。

孝雄は慌ててコンロの火を消し、玄関の扉を開けて怒鳴った。

「コンロの火が点けっ放しで、やかんが空焚きになってるぞ」

綾子は手にしていたじょうろをゆっくりと置いて、台所に戻ってきた。

「火事になったらどうするんや!!」

「ガスコンロは熱くなると自動的に切れるから大丈夫だよ」

「周りに置いてあるメモ用紙やキッチンペーパーに燃え移ったら火事になるぞ。

ここに置いてあるメモ用紙は、コンロに近いので燃えやすい。

キッチンペーパーも倒れたらコンロの火で燃えてしまうだろ」

綾子は黙ってメモ用紙を丸めてごみ箱に放り入れ、キッチンペーパーを収納棚にしまった。

「コーヒーを飲もうと思ってお湯を沸かしていたの」

綾子はやかんに水を入れ直してコンロに乗せ、ゆっくりと点火させると、先ほどの水やりの続きをするためにもう一度庭へ出ていった。

再び、台所からピーピー音が聞こえてくる。

孝雄が居間の窓から怒鳴った。

「また、ガスコンロがピーピー鳴ってるぞ」

急いで綾子は台所に戻ってきた。

孝雄は重い荷物を下ろすようにソファに座り、台所にいる綾子の方に向かって力なく言った。

「火事になったら、どうするんや」

しばらくするとコーヒーの香りがして、綾子がカップを持って孝雄の隣に座った。

今度は、お湯が沸くまでガスコンロを見張っていた。

「庭に出るとまだ寒いから、温かいコーヒーはおいしいわ」

「……」

「おとうさんも飲む」

「今は飲みたくない」

孝雄は口まで出かかった言葉を心の中に無理に押し込めた。

（火事になるかどうかを心配しているのに、よく言うわ）

「最近、冷蔵庫からもよくピーピー音がするよな」

「あれは、冷蔵庫の扉がちゃんと閉まっていないと鳴るの。下の冷凍庫はしっかり押し込まないと駄目なのよ」

「俺は、冷凍庫なんか使わんぞ」

二人は黙り込んだ。

買い物

二〇一九年三月。

自動車事故を起こしてから、綾子は毎日歩いてショッピングモールに出掛けるようになった。

そこは歩くと二十分ほどかかるため、孝雄が車で送ると声をかけても、

「健康のために歩きたいのよ」

と綾子はいつも断った。

綾子は食事に関することは自分の領域と考えている。

いつも買い物メモを書いているが、出掛ける時には台所や机の上に置き忘れていく。

孝雄は「お米」や「醤油」などと書かれているメモを見つけると、綾子がショッピングモールに着く時間を見計らって車で追いかけることにしていた。

スマホで連絡を取り、居場所を確認して合流する。

果物、野菜、鮮魚売り場と回っていくのであるが、いつも手にする物は同じである。

孝雄も綾子も糖尿病を患っており、かかりつけ医から果物は極力食べないように言われているが、綾子はミカンやリンゴなどを買い物かごに入れる。

「果物は糖分が多いので、あまり食べない方がいいと先生に言われてるよ」

「たまには、季節の果物を食べないと」

と言い、綾子が果物売り場を通るときは、「たまには」が「毎日」になる。

綾子はリンゴを二つかごに入れた。

野菜売り場を通るときは、定番のカボチャと大根に手が伸びる。

「カボチャと大根は、家にあるよ」

出掛ける前に台所を見回し冷蔵庫の中を確認するのが、孝雄の最近の習慣になっていた。

かごの中には大根が二本、カボチャは三個あった。

豆腐のパックにも手が伸びる。

「豆腐は、冷蔵庫に五パックあったぞ」

と孝雄が言うと、綾子は不服そうな顔をして手を引いた。

鮮魚売り場では、サンマである。

「昨日もサンマを食べたよな。

今年のサンマは小さいし、脂がのってないのでイマイチだな」

「ほかに食べるものないもん。

おとうさんが決めてよ」

「魚なら刺身がいいいな」

孝雄は冷蔵ケースに並べられているパックの中からマグロの刺身を選び、綾子の持っているカートのかごの中に入れた。

醤油の棚に寄ってから、総菜コーナーでポテトサラダを選んだ。

いつものヨーグルトと牛乳を入れてから、五キロの米袋をカートの下の段に載せて、今日の買い物は終わりである。

レジに並ぶ前に、綾子は飲料水コーナーの前で立ち止まった。

「たまには、コーラが飲みたいな」

「コーラは台所にあったし、冷蔵庫の中にも二本冷やしてあったぞ」

「腐るものではないから、買ってもいいじゃん」

綾子がムッとした表情を見せたのでこれ以上口出しすると感情的になると思い、孝雄は黙って綾子がかごの中に入れるのを見ていた。

セルフレジは空いているが、高齢者が列をなしている有人レジに並ぶ。

店員は買い物かごから一品ごとにバーコードを読み取り、別のかごに移し替えている。

バーコードを読み取るピーという音が台所から聞こえた「ピーピー音」と重なり、孝雄は少し憂うつだった。

「Mカードをお持ちですか」

「持っています」

「では、七番の精算機でお願いします」

綾子は財布からカードを取り出して精算機の前に立った。

「どうするんだっけ」

支払い方法が画面に表示されている。

「Mカードのところを押すんだ」

画面が変わる。

「カードのバーコードをこれで読み取るんだ」

綾子はスキャナーをカードにかざすが、バーコードがなかなか読み取れない。

孝雄が綾子に手を添えて、スキャナーの光線を当てる。

画面が変わる。

「マイバッグだよね」

「そうだよ。

ここを押して」

「〈次へ〉を押す」

「お金は足りてるよね」

「足りないぞ。

〈チャージ〉を押せ」

綾子は手提げ袋から財布を取り出し、一万円札を手にした。

「どこに入れるんだっけ」

孝雄がお札を入れるところを指差す。

「〈次へ〉を押したら、〈会計〉を押して」

綾子は出てきたレシートを取って、ホッとしたように手提げ袋に入れる。

孝雄はカートを詰め替え用の棚の脇まで移動させ、マイバッグに品物を入れ始めた。

「あれ、プリンって買った？

お菓子も入っているな」

「最近、甘いものを食べてないから」

「これだから、血糖値が下がらないんだ」

綾子が夕食の準備をしている。

スポーツジムから帰ってきてから夕食が出来上がるのを待つ間、ソファに座って新聞を読むのが孝雄の習慣である。

地元の新聞と日経新聞を取っているが、先に地元の新聞を読むことにしていた。購読者に高齢者が多いためか、日経に比べて文字が一回り大きい。

地元の記事が主なので、中見出しを流し読みして目にとまった記事だけを読む。

日経新聞は、最近やたらにカタカナ用語と短縮アルファベットが増え、以前のように中見出しの斜め読みができなくなり、孝雄は読むのに時間がかかった。

電子辞書やスマホで検索をしないと分からない言葉が多く、調べても検索したことをすぐに忘れてしまうので、同じ用語を調べ直すことになる。

孝雄はボチボチ購読を止めようかと思い始めていたが、グローバルな政治や経済のことは地方紙には記載されることが少なく、止めてしまうと世界から取り残されてしまいそうで続けていた。

綾子は、日経は読むところがないと言って購読を止めるように時々孝雄に言ってくる。

「ボケ防止になるからな」

いつも同じやり取りになる。


やがて綾子が、大根を煮込んだものを食卓に運んできた。

綾子の得意料理ではあるが、大根の種類の違いからか日によって出来上がりの硬さが違う。

続いて、ほうれん草のおひたしとポテトサラダが出てきた。

昨日煮込んだカボチャとご飯が並べられ、綾子から声がかかった。

「ご飯できたよ」

食卓の椅子に座り箸を取ると、孝雄は何か違和感を覚えた。

「あれ、刺身を買わなかったっけ」

「お刺身？　買わなかったよ」

「いやぁ、今晩食べようといって買ったよ」

綾子は、台所に戻り確認をした。

「やっぱり、買ってないわ」
「そんなはずはない。
マイバッグに入れた覚えがある」
孝雄は台所に入って、冷蔵庫の中や食器棚の中を探したが見当たらない。
「絶対買った。
レシートはどこにある?」
食器棚の片隅に、レシートが束ねて置いてあった。
「ここに刺身と書いてあるぞ。
放っておくと腐ってしまうので、見つけないと」
孝雄は再び、冷蔵庫の中や食器棚を開けて探したが見当たらない。
冷蔵庫の中は満杯状態であった。
孝雄は中のものをすべて取り出して確認を始めた。
扉が開いていることを警告するピーピー音が続き、孝雄のイライラが高まる。
「おかしいなぁ。
確かに、マイバッグに入れたんだけどなぁ」
諦めて食卓に戻ったが、孝雄はしばらく箸を持つ気分になれなかった。

綾子も、

「刺身って、買ったかなぁ」

と呟きながら席に戻り、大根の煮物に箸を付けた。

二人は定番の料理を黙々と食べた。

孝雄は食事の間も、刺身のことを考えていた。

お茶を飲み干して食事を終えると、孝雄は再び台所に向かい食器棚や冷蔵庫の中を確認し始めた。

「絶対に刺身を買った。

バッグに入れた覚えがある。

お母さんがどこかにしまったんだ。

腐ったらまずいぞ」

やはり、見つからない。

孝雄が諦めようとした時、ごみ箱に目が留まった。

「あったぞ。

見つけた、見つけた」

刺身はパックごとごみ箱の中の一番上に、きちんと乗っていた。

「今さら、食べるわけにもいかんなぁ」

そう言いながらも、孝雄は見つけ出したことに感動を覚えた。

孝雄はどうして綾子がそのようなことをしたのか理解できなかったが、不思議と怒りの感情は生じなかった。

「うちの一番の大食漢は、ごみ箱だなぁ」

携帯電話

二〇一九年四月。

綾子は寝る時間になると、たびたび居間をうろつき始める。

「スマホがない」

そのたびに、孝雄はスマホで綾子の番号にかけて鳴らしながら探す。

スマホは台所で見つかったり手提げ袋の中にあったり、ときにはトイレで鳴っていたりするので、孝雄はこの方法は我ながらウマい案だと思っていた。

しかし、今夜は孝雄がスマホを鳴らしながら居間や台所、トイレ、洗面所を探し回っても綾子のスマホが見つからない。

「どこに忘れてきたんや」

「買い物に行くときは手提げ袋に入れているので、なくすようなことはないよ」

二人そろって言った。

「おかしいなぁ」

綾子は一緒に探していたが、諦めて二階に上がっていった。

孝雄もいったん諦めたが、寝る前に再度スマホを鳴らして家の中を探し回ってみた。

『明日は雨が降るでしょう』

テレビから流れる天気予報を頭の隅で聞きながら懐中電灯を取り出して、孝雄は家の外に出た。

耳を澄まして庭先をゆっくり見渡していると、聞き覚えのあるメロディがかすかに聞こえてくる。

綾子のスマホの着信音である。

孝雄が半信半疑で物置の方向に向かうと、メロディが大きくなってきた。

敷石を照らすとスマホと軍手がきちんと並んでいる。

「やったぁ」

孝雄は思わず声が出た。

「諦めないでよかった」

孝雄は自分で自分を褒めたくなるような満足感が得られた。

通院

二〇一九年四月。

孝雄は、近くに新しくできた心療内科クリニックに出掛けた。

開院の二十分ほど前に着いたが、すでに数人が扉の前に並んでいる。

予約をしていなかったので一時間半ほど待つことになった。

「山本さん」

診察室の扉が開き、医師が明るい表情で顔を出して孝雄を呼んだ。

「いかがされましたか」

「家内が認知症になったんではないかと思うのですが、一緒に病院に行こうと言っても付いてこないんです。

二週間ほど前に車でスーパーの倉庫の壁に突っ込む物損事故を起こしたのですが、本人は事故の記憶がないのです。

その時は他の病院に電話で診察をお願いしたのですが、整形外科に行くようにと断られてしまい、しばらく様子を見ていたのですが、心配になって伺いました」

「自動車の事故の件は、どうされましたか」

「長男が警察や保険屋の対応をしてくれました。

スーパーとは倉庫でぶつけたところの修理をすることで話がつきました。

車は廃車にして、家内は車の運転を止めました」

「奥様におけがはなかったのですか」

「お陰様で、けがはありませんでした」

「では、自動車事故の件は、決着しているということですね。

実は、山本さんの奥様は先週おいでになってますよ」

「えー、そうでしたか」

「検査をしましたが、軽度のアルツハイマー型の認知症ですね。

お薬で進行を遅らせる方法がありますが、治るということではなくあくまでも進行を遅らせるものです。

漢方薬のようなものと考えていただければよろしいです」

「当面、様子を見るということでよろしいのですか」

「奥様が通院をされたくないということであればしばらく様子を見ていただいて、奥様の気持ちが変わるようなことがあれば来院していただくということでよろしいですよ。先日お薬を処方していますので、飲まれているかどうか確認をしておいてくださいね」

「家内のことは分かりました。

実は私自身、事故があってからあまり眠れないのです。

事故のことを考えたり、家内がいろいろトラブルを起こすもので、イライラすることが増えて、なかなか寝付けないんです。

うとうとしたかと思うと目が覚めてしまい、寝直しがなかなかできません」

「どんなトラブルですか」

「スーパーで毎日同じものを買ってきたり、ガスを消し忘れたりすることがたびたびあります」

「どなたでも、年齢とともに物忘れをすることが多くなりますよ。

奥様の物忘れについてはあまり気にされず見守っていただければよろしいですよ。

寝不足は体に良くないですから、お薬を一カ月分出しておきます。

軽い睡眠薬ですが、寝る前に飲んでみてください。

どうしても寝付けないときや夜中に目が覚めて寝直しができないときのために、追加のお薬も出しておきますので必要なときに飲んでください。

一度に飲むのは一錠ですので、飲み過ぎないようにしてくださいね」

「分かりました。

家内と一緒にいるとイライラすることが増えるんです」

「それは、どの家でも同じですよ。

私の家でも、夫婦でずっと一緒にいるとお互いにストレスが溜まって、けんかになることがあります」

「そういわれれば、最近家に閉じこもりがちで居間で一緒に過ごす時間が増えてきています。

家内のすることが気になり口出ししたりしますし、家内も私がいればお茶を入れたり昼の用意をしたりで、ストレスを感じていると思います」

「できるだけ一緒にいる時間を少なくされた方が良いですよ」

孝雄はこの医師のアドバイスは効果がありそうだと、納得した。

孝雄は病院の待合室に置いてあった認知症に関するパンフレットを持ち帰ると、居間のソファに座って読み始めた。

「アルツハイマー型の認知症って、いろんな症状が現れるんだ。パンフレットのマンガでは明るい展開になっているけど、うまくやっていけるかなぁ」

「お母さん、はれやかクリニックに行ってきたの」

「行ったよ。病院のテストは満点だった。私は認知症じゃなかったから安心したわ。貰った薬をスマホで調べたら漢方薬で、飲んでも飲まなくてもあまり変わりがないみたい」

綾子は明るい声で答えた。

反省

二〇一九年五月。

孝雄は綾子の認知症の発生原因について考えた。

夫婦生活を振り返ると、家庭が二層に分かれていて話し合いや触れ合いが不足していたと思った。

孝雄は商品開発の技術者として働いていたが、綾子は結婚を機に退職して家事に専念し、洋平が生まれてからは育児に精を出していた。

孝雄は仕事人間であった。

入社当初から、国内の取引業者に宿泊出張で出掛けることも多かった。

洋平の誕生を知ったのは、大阪への出張から借家に戻ったときに玄関の扉の隙間に差し込まれていた電報によってである。

生まれた日は十二月二十五日だった。年末の休暇を待って、里帰り出産をした新潟の綾子の実家に行って対面した。

その後も、一カ月ほどアメリカに出張したりイランへも出張があり、孝雄は家を留守にすることが多かった。

孝雄は担当していた商品の製造販売事業部が立ち上がったこともあり、平社員ではあったが技術部門の責任者として商品のラインナップや製造設備の導入などに追われ、早朝から夜間まで働き続け、家庭は食事と寝るための場所となっていた。

家族との触れ合いは、休日に洋平を連れて近くの遊園地に出掛ける程度であった。

仕事では、新しい環境で新設された部署の責任者として、担当部門の役割を創造して五人の部下と走り回っていた。

仕事が早く片付いたときは同僚と麻雀をしたり酒を飲みに行ったりし、帰宅するのはほぼ毎日終電であった。

家庭や育児、町内会や氏神の年行事などのことはすべて綾子に任せていた。

綾子にとって、見知らぬ地での生活であり、唯一、同じ町内に住む孝雄の長姉照子が頼りであった。

新たに孝雄の親族との付き合いも生じ、一人で苦労をしていたことは想像するまでもない。


その後、大阪に単身赴任していた孝雄は、できたばかりのユニバーサルスタジオジャパンに一緒に出掛けたり、東京勤務の時は某大型娯楽施設に行ったりした。

上海勤務の時に、綾子が来た時は孝雄が住むマンションを起点に雑技団を見に行ったり、現地の若い事務員と一緒に杭州や寧波にも行った。

旅行先で宿泊した地方のホテルは二つ星で部屋も食事も粗末であった。

当時の上海は、男が裸で歩いているのも女性が痰を吐き捨てるのも普通の光景であったので、綾子の中国に対する印象は悪かった。

「こんな不衛生な国には二度と来ない」

孝雄の四年間の上海駐在中に、綾子が訪ねてきたのはその一度切りになった。

孝雄は、二人の孫娘の誕生を綾子からの電話で知った。

「女の子が生まれたよ」


孫娘が生まれると、綾子はパートに出掛ける洋平の嫁から二人の孫娘を預かり、食事を一緒に作ったり遊んだりして楽しい生活を送っていた。ほかにも週一回はスポーツジムに通い、パッチワークのサークルで手芸を楽しむなど活動的であった。

孝雄が単身先から家に帰るたびに、自宅の廊下の壁には綾子が作った新しい作品が飾られていた。

その頃が綾子にとっては最も充実していた時期であったかもしれない。

孫娘たちの学年が進み中学生や高校生になると、それぞれが部活動や塾通いなどで足が遠のくようになり、綾子が次第に寂しい思いをするようになっていったと想像された。

その頃から綾子の生きがいは、退職した孝雄の世話をすることになっていったのだろう。

孝雄が綾子の認知症に気付き始めたのは、同じ料理が続くことが多くなったり、同じ話を何度も聞くようになってからである。

コンロの火の点けっ放しが頻繁に起き始め、寝る前にしていた玄関や勝手口の鍵の確認を忘れることが増えてきて、孝雄が確認するようになった。

綾子は、電気製品が使いこなせなくなってきた。

洗濯機の衣類の種類に合わせた使い方ができなくなり、いつも同じ設定で同じ洗剤を使うようになった。

綿や絹の衣類も化学繊維の衣類も一緒に洗濯機に入れて洗っているが、問題はなさそうである。

ワイシャツやセーター、毛布などは、孝雄が判断してクリーニング店に持っていくようになったが、何をどのような状態になったら店に出せばいいのか、孝雄は戸惑っていた。

訪問者がインターホンを押すと録画されて、メニューのランプが点灯する。

録画画像の確認とランプを消す方法がインターホンの横に貼ってあるので、以前は綾子が確認や処理をしていた。

「ねぇ、おとうさん。

インターホンのランプが点いたり消えたりしているよ」

孝雄は綾子からたびたび言われるようになり、そのたびに確認し消去するようになっていた。

電子レンジも使うことがなくなってきた。

買ってきた揚げ物やレトルト食品を温めるのも、ガスレンジを使う。

症状と呼べるものを数え上げて、孝雄の心が押さえつけられたようになった時、スマホが鳴った。

同じ町内で唯一親しくしている浅井さんだった。

「山本さん、お役目ご苦労様です。

ところでお宅の奥さん、同じ家を何度も訪ねて確認をしていたようだよ。

奥さん、記憶がはっきりしなくなってるんじゃないのかなあ」

綾子が余った一枚の回覧紙を持って一軒一軒探し歩き、夜遅くに出直すこともたびたび起こっていた。

今まで難なくできていたことが、徐々にできなくなってきている。

孝雄はソファに腰を下ろして、大きく息をつき目を閉じていた。

綾子と孝雄の生活圏は同じであるが、心の接点は限られたものであった。夫婦として一体化した生活ができていなかったのだ。

第三章　綾子の実家を訪問

久しぶりの再会

綾子の故郷は新潟県南魚沼である。

巻機山や八海山の山並みの麓を流れる魚野川に沿って田畑が広がり、孝雄は訪れる都度、緑あふれる風景に心を癒やされていた。

綾子は、実家に帰って洋平を隣町の病院で出産した。

洋平が小学校を卒業する頃までは、夏休みの間、綾子は洋平と緑あふれる実家で過ごしていた。

綾子は母や父、兄夫婦や姪たちと一緒に過ごし、故郷の田んぼの緑や金城山や巻機山の峰々を見つめていると心が和んでいった。

実家の前に流れる用水は、五〇センチほどの幅で浅くて川底の小石が数えられるほど澄んでいる。

洋平に浮き輪を付けて遊ばせながら、綾子は幼い頃の自分の姿を洋平に重ねていた。

洋平は朝早く起きると、綾子の父親に連れられタモを持ってカブトムシを捕りに、裏の畑のクヌギの樹やたい肥の周りに出掛けた。

綾子から、

「朝ごはんができたよ」

と声がかかるまで、夢中でカブトムシを探し回っていた。

捕らえたカブトムシが入った虫かごを食卓に置いて、じっと眺めながら食事をして綾子から咎められたが、洋平は止めなかった。

近くの小川にはカジカやドジョウが泳いでおり、小学校に入ってから、洋平は綾子の父親が買い与えたヤスでカジカを追い回していた。

夏休みが終わって家に帰る洋平は、何枚も重ねた新聞紙でヤスを包み、電車の中でも手から離さなかった。

孝雄も夏季休暇になると新潟に行き、新潟の空気に身を置く楽しさを味わっていたが、洋平が中学校に上がると時間が取りにくくなり、十五年前に行われた綾子の兄弟会に参加して以来、新潟には帰っていなかった。

綾子の両親はすでに他界しており、長男である綾子の兄・誠が実家を継いで農業を営んでいる。

一男五女の末っ子である綾子は、誠と十四歳離れていて姉妹の中でも特にかわいがってもらっており、綾子も「にいさん」「にいさん」と言って慕っていた。


孝雄は、綾子の今の状態を綾子の兄や姉に知ってもらうには直接会ってもらうのが一番だと考えていた。

二〇二〇年の秋、埼玉県K市に住む綾子の二つ違いの姉・喜美子の夫が亡くなったが、葬儀は家族葬で行われ、孝雄たちは出席しなかった。

二〇二一年十月、コロナ禍が少し収まってきたので、孝雄は義兄の一周忌に合わせてK市の和久田宅を訪ねてお参りをし、その足で綾子の実家に行く計画を練った。

新幹線を使っていくとなると、途中でのコロナ感染や、トイレなどで綾子と離れたときに綾子が行方不明になるリスクがある。

しかし、自宅から車でK市まで行くとなると、東名高速道路か中央自動車道を使い、混雑する神奈川と東京を抜けていかなければならない。

孝雄は、車での長距離移動は十五年前の綾子の兄弟会以来経験していなかったので、神奈川から東京を抜けてK市に入るのに不安があったが、早朝に出発して一時間ごとにサービスエリアで休憩を取りながら行けば、午後三時にはK市のホテルに到着できると考えた。K市から綾子の実家のある南魚沼までは高速道路の混雑がないと予想されるため、そちらは時間に余裕があり問題ない。

綾子の実家近くのホテルで宿泊して、帰りは長野方面を経由して信濃大町あたりにさらにもう一泊すれば観光もできる。

孝雄は三泊四日の行程表を作り、K市の綾子の姉と新潟の綾子の兄に都合を確認して、すぐにスマホのウェブサイトでK駅前のホテルと六日町駅前、信濃大町のホテルの宿泊の予約を取った。

孝雄は綾子を乗せて早朝に自宅を出発した。

中央自動車道のサービスエリアで休憩を取りながら昼前に談合坂ＳＡに着き、食事を取ってからカーナビに従って走り、K駅前のホテルに予定通りの午後三時に到着した。

ホテルにチェックインしてツインルームに入ると、ホッとすると同時に疲れがどっと出て、ベッドに横たわり大きく伸びをした。

孝雄にならって、綾子も横になった。

一時間ほど休んでから、孝雄は綾子の姉の喜美子に電話をすると、待っていたかのようにホテルまで迎えに行くという、弾んだ声が返ってきた。

やがてフロントから電話が入り、孝雄と綾子はすぐに一階に下りた。

綾子は姉を見るなり泣き声を上げて抱き着き、姉はハンカチで綾子の涙を拭きながら赤子をあやすかのように綾子の背中を撫でている。

傍らの孝雄も胸が熱くなる思いで二人を見守っていた。

ホテルから和久田の家まで歩いて十分ほどの道のりを、家に着くまで、綾子と喜美子はずっと話し続けていた。

和久田家に着き、まず義兄の仏壇にお参りを済ませて居間に移った。

テーブルには寿司や手料理が並んでおり、ビールも何本か置かれていた。

「うちの人が、葬儀は家族だけで行うようにと言い残したものですから、実家にも葬儀が終わってから連絡したんです。

すぐに、新潟の兄がお参りに来てくれました」

和久田家は二人の娘がいる。

同居している上の娘が先に帰宅し、しばらくして下の娘も駆け付けてきて話に加わった。

「お父さん、ああ見えても案外おしゃべりだったんだね」

「私たちの知らないマラソンの仲間の人が来てくれたよね」

「お酒なんか飲めないのに飲み友達が来たりしてね……」

綾子は黙って義兄の思い出話を聞いており、喜美子はいろいろと話しかけていた。

食事をしながら四時間近い時間を過ごした。

和久田家の家族あげての歓待に感謝しつつ、姉妹のきずなの深さ、肉親のあたたかい優しさに孝雄の心もあたたまった。

ホテルに戻ると、綾子がコートを忘れてきたことに気付き、孝雄は喜美子に電話をした。

「いけない。

孝雄さんのは渡したのに、綾子のを忘れてました。

すぐに、娘の車で届けに行きます」

孝雄が電話を切ると、綾子は慌てた様子で部屋を出ていった。

「フロントに行って待ってる」

しばらくして、フロントから電話が入った。

「山本さんを訪ねてこられた方が、フロントでお待ちになっています」

孝雄は急いで着替えて、エレベーターで一階に下りた。

喜美子が娘とコートを持って待っていたが、肝心の綾子の姿がない。

「綾子が、フロントで待っていると言って下りていったんですが……」

孝雄は喜美子と娘と一緒に、駅の方に向かって綾子を探したが見当たらなかった。

「そんなに遠くには行っていないはずです」

フロントに戻って確認したが、誰も見かけなかったと言う。

孝雄がホテルの裏口の方に回ると、駐車場の孝雄の車の横に綾子がポツンと寒そうに立っている。

「綾子」

「おばさん」

「みんなで捜していたんだよ」

「お姉さんがコートを持ってきてくれるといったから、待ってたの」

喜美子と娘は、綾子が見つかったので安心して帰っていった。


翌日、孝雄と綾子はホテルで遅めの朝食を済ませて九時過ぎに新潟に向かって出発した。

高速道路を降りてしばらくすると、故郷の山並みが見えてきた。

「金城山が見える」

綾子は声を出して泣き始め、涙を拭っている。

綾子が子供の頃、毎日見ていた故郷の山である。

「実家には昼過ぎに着くと連絡したから、まだ十分に時間がある。

先に雲洞庵にお参りして、ドライインで食事をしてから行くことにするか」

「おなかは空いてないので、お昼は食べなくてもいいよ」

「了解」


綾子の両親のお墓参りを先に済ませ、午後一時に綾子の実家に着いた。

綾子の兄の誠夫婦と娘の良美が玄関先まで出迎えてくれた。

孝雄は挨拶を済ませ、仏壇にお供えをしてお参りした。

「遠いところ、お疲れ様でした」

テーブルの周りに敷かれた座布団に座る。

「兄弟会以来だなぁ」

「大変ご無沙汰してまして、すみませんでした。

昨日、和久田さんに寄ってお参りしてきました」

「喜美子たちは、元気にやっていましたか」

「皆さん元気でした」

誠は町会議員を三期務め、昨年引退したと聞いている。

「山本さんも、元気そうで何よりです」

良美がお茶とお茶菓子を運んできた。

誠と孝雄は政治談議を始めた。

上海に四年間駐在していた孝雄は、中国通の誠とさらに中国談議が弾む。

「民主国家の日本は、共産主義の中国とどのように付き合っていくべきだろう」

孝雄は上海にいた時の体験談を披露した。

綾子も身を乗り出すように良美と話し込んでいる。

十歳違いの良美と綾子は姉妹のようであり、綾子は東京の会社に就職するまで一緒に住んでいたので、昔話に花を咲かせているようだった。

「皆さん、へぎそばと天ぷらが届きましたよ」

義姉の明るい声と同時においしそうなだしの香りがただよってきた。

三時間ほど話し込んで、昨日に続き家族あげての歓待に、感謝しながら孝雄と綾子はホテルに向かった。

綾子の実家からの手紙

帰宅してから一週間ほどして、孝雄は誠からの手紙を受け取った。

宛先は孝雄となっていたが、綾子が封を切って先に読んでいた。

「私って、認知症なの……」

そう言って手渡した。


「先般は遠いところを来て頂き、ご苦労様でした。

これも貴殿の綾子への想いやりと優しさが原点で成せることと、安堵と感謝を致しております。

限られた時間で大したおもてなしができなかったことをお詫び致します。


それと綾子が老け込んで生気のない感がして驚いております。

また、同じことを何回も繰り返し話すことから認知症の始まりではないかと和久田も少し心配しております。

私にとっては一番下の妹で、年齢差のためか子供の様な想いがあります。

その妹の晩年が穏やかで満ち足りた明るいものであってほしいと願う兄であります。
家内には、女の子の一人もいて近くに住んでいれば生活も華やかさが出て賑やかになるだろうになどと話したのですが、これは今さら願っても詮無きことであります。

それでお願いですが、彼女の現在の状態（初期の認知症）、人間性（何事も忍耐を優先する内向性）、これらのことを認識され最良の対応をご考察いただきたく思っております。
これらの件に関しての相談窓口カウンセリングの公的機関もあろうかと思いますので、対応をよろしくお願い致します。

以上のことについて夫たる貴殿も
いらざるお節介と一笑に付すこともなく、
ただただ妹の晩年が穏やかであってほしいと願うおろかな兄の頼みをお汲み取り願いたく、筆を執ったしだいであります。
早々」

令和参年しも月

山本様

誠より

孝雄はさっそく返事を書いた。

「誠兄さんへ
先日の訪問の折にはご家族をあげて歓待をして頂きまして、ありがとうございました。

本日、お兄さんからの手紙を受け取りました。

綾子の認知症につきまして、ご心配をお掛けして申し訳ございません。

今回の和久田家、田上家への訪問は、少しでも綾子が昔を思い出して喜んでくれるのではと企画しました。

また、綾子の現状をご兄姉に知って頂ければ、電話や手紙でのやり取りにご配慮いただけるのではないかとの思いもありました。

あいにく、お兄さんより頂いた手紙を綾子が先に封を切って読んでしまい、

「私は認知症なのかしら」

と言っておりましたが、その後はケロリとしており特別な影響はありませんでした。


三年ほど前より、直近のことを忘れてしまう記憶系の認知障害の兆候が現れ始めていました。

現在も同じような状態ですが、食事を作る、洗濯をする、掃除をするなどの日常生活はほぼ問題ありません。

実は昨年七月に綾子は自動車事故を起こしました。

一人で車を運転して買い物に出掛け、スーパーの倉庫の壁に突っ込んでしまいました。

幸いにして本人はけがもなく単なる物損事故ですんだのですが、倉庫の壁に突っ込んだ記憶がなく、その時点で綾子は運転をやめ免許証を返納したのです。

それ以来、綾子は一人で歩いて買い物に行くようになりました。

重い物があるときは一緒に車で行きますが、毎回同じものを買ってしまう傾向があるのです。

指摘すると気分を悪くするので、最近は見過ごすことにしております。

綾子の症状が現れ始めてから私が不眠の状態が続くようになり、医師に睡眠導入剤を貰うために通院しております。

そして、その際に綾子の状況を報告して相談しております。

綾子には、私に同行して診察を受けるように勧めましたが、なかなか同意してくれませんでした。

しかし、一週間ほどして本人が自主的に一人で医師の診断を受けに行きました。

その後は「自分は認知症ではない」と言い張って、認知症の前兆状態であることを受け入れてくれません。

医師の診断では記憶系の初期の認知症の兆候が現れているが、認知症と診断を出すまでかどうか微妙な段階とのことです。

現在は治療方法がなく進行を遅らせる漢方薬を処方するぐらいなので、当面は私の報告を聞いて様子を見ていくということになっております。

綾子は、歩いて五分ほどに住んでいる孫娘を嫁がパート勤めの時に預かっていたのですが、下の孫が三年半前に中学生になると部活などで忙しくなり会う機会は次第に減ってきました。

私が思うに、その頃から綾子は自分の生きる目標を見失って認知症の症状が現れだしたのではと考えています。

洋平の家族たちも、綾子に認知症の兆候が現れていることは知っております。

今日は仕事が休みだったので、洋平が様子を見に来てくれました。

高校生になった孫娘たちも時々学校帰りに立ち寄ってくれます。

綾子が何をどこまで記憶しているのか当初は見当がつかず、夫婦間において対応に困惑しておりましたが、最近は境界線が少し見えてきてトラブルが減少してきています。

今日も、先ほどまで綾子が作ってくれた料理を一緒に食べながらテレビのニュースを見て、ああだこうだと話していました。

当面は、本人の状況を見ながら、医師や子供たちと相談し、公的機関からの支援や施設への入居などを検討していこうと考えております。
ご心配をお掛けして申し訳ございません。
綾子の世話は、家族で精一杯努めていきます。
今後ともよろしくお願いします。
二〇二一年十一月九日
孝雄

孝雄は和久田の姉にも、同様の手紙を送った。

誠兄の法要

二〇二二年六月。
孝雄が綾子の実家を訪問してから八カ月後に突然、誠の訃報の連絡を受けた。
新潟を訪問した時は全く予兆を感じられなかっただけに、孝雄は衝撃を受けた。
早朝に背中が痛み始め、市内の病院に緊急搬送され、ドクターヘリで新潟市の病院への搬送手配中に亡くなったとのことである。

大動脈解離による大動脈破裂での急死であった。

葬儀は家族葬で行うという。

綾子の兄・誠は達磨さんのような身体つきで、いつもニコニコして明るく大きな声で高笑いしたりで、傍にいるだけで楽しくなる人と、孝雄は思っていた。

電話を聞きつけた綾子が、こわばった顔つきで孝雄の横に立っている。

孝雄が誠の死を伝えると、綾子は声を上げて泣きだし、ソファに座り込んで泣き続けた。

「誠兄さんが死んだんだ」

しばらくの間、綾子は思い出しては涙を流すことが続いた。


四十九日の法要の案内が届いた。

孝雄は車で直接新潟に向かうスケジュールを立て、ホテルの手配をした。

綾子は、いつでも出掛けられるように準備を整えていた。

ところが孝雄は法要の一週間前に三十九・二度の発熱があり、ＰＣＲ検査の結果、新型コロナウイルスに感染していることが判明した。

孝雄は寝室に閉じこもり、枕元にスマホとペットボトルの水、解熱剤、体温計、メモ用紙などを置いて寝た。
　孝雄は頭がガンガンするので額に熱冷ましシートを貼っていた。
　綾子がタオルに包んだ保冷剤を孝雄の額に乗せた。
　解熱剤を飲むと体温が下がるが、しばらくするとまた上がってくる。
　ただただ、解熱剤を飲んで熱が引くのを待った。
　トイレに立つこととメモ用紙に体温を記録するのが孝雄の仕事であった。
　洋平が食料や薬を持ってきて、玄関先に置いていく。
　孝雄にとっても綾子にとっても、ありがたかった。
　綾子はうろたえている様子は感じられなかった。
　ふすまを開けて、
「おとうさん、大丈夫？」
と孝雄に声をかけ食事を置き、頃合いを見て片付けに来た。
「おとうさん、大丈夫？
お兄さんは死んでしまったので、新潟に行くのは止めようよ」
　綾子は状況は理解しているようであった。
　孝雄は徐々に熱が下がり、五日目に平熱に戻った。

しかし二日後に迫った誠の法要に参加することは感染拡大させるようなものなので、不参加の旨を義姉に連絡し、ホテルをキャンセルした。

三日後、孝雄と綾子はPCR検査を受けたが、二人とも陰性であった。

綾子が感染しなかったのは幸いであった。


発熱から二週間後、全国的にコロナ患者数の波は収まってきた。

孝雄の体調も戻っていたので、改めて新潟行きの計画を立てた。

当初は一泊二日のピストン工程を組んでいたが、余裕を取って二泊三日の行程に作り直し、綾子の実家への連絡およびホテルを再手配した。

「そんなに急がなくても、体調が完全に戻ってから来なさいよ」

義姉から言われたものの、コロナ禍が収まってきたタイミングを逃すといつになるのか不安になって、孝雄は決行することにした。

長野自動車道から上信越自動車道の豊田飯山ＩＣで下りて、新潟県に入るコースである。

綾子は、

「誠兄さんは、死んじゃったんだよね」

と、時々自分に言い聞かせるように呟いている。

サービスエリアや道の駅に立ち寄りながら休息し、六日町駅前のホテルにはチェックイン時刻の十五時に着いた。

南魚沼の山並みが見えてきていたが、綾子は昨年のような涙は流さなかった。

翌日、実家に入ると綾子は声を上げて泣き始めた。

仏前にお供えをしてお参りを済ませ、義姉から誠の着物を遺品として受け取ったが、その間、綾子の涙は止まることはなかった。

お茶菓子を食べながら誠の思い出話を始めた。

昼にへぎ蕎麦をご馳走になると、孝雄と綾子は長野県中野市のホテルに向かう時間になった。

別れ際、綾子は孝雄の車に乗り込むときに、確かめるように同じことを言った。

「誠兄さんは、死んじゃったんだよね」

義姉と良美に見送られて、孝雄と綾子は出発した。

翌年二〇二三年の春、誠の一周忌法要の案内が届いた。

孝雄が綾子に一周忌のことを伝えると、

「分かった」

と言って、カレンダーに書き込んだ。

孝雄は昨年と同じルートで行くことにし、六日町駅前のホテルに二泊の予約を取った。

後日、孝雄は綾子の姉の喜美子から仏前やお供えについて、姉たちで取り決めしたことを伝えてきた際に、同じホテルに泊まるので一緒に食事をしないかと誘いを受けたので快諾した。

また、綾子の長姉の明子は、介護施設に入居しており出席できない旨も付け加えられた。

綾子は、カレンダーに書かれた新潟行きの日付を見るたびに、必ずひと言呟く。

「もう、誠兄さんはいないんだ」


誠の一周忌法要の前日、喜美子と六日町のホテルで合流して夕食のテーブルにつくと、綾子は待ちかねたように話しかけた。

「学校から帰ると、隣町の子と川を挟んで石の投げっこをしたよね。喜美子姉さんは、いつも大きな声を上げて石を遠くまで投げていた」

「そうだっけ」

「そうだよ、私は小さかったから横にいてうらやましいなって思いながらいつも見てた。石は川の真ん中までも届かなかったけど、結構長いこと投げ合ってたよ」

「よく覚えているね、綾子は」

孝雄は二人のやり取りを聞きながら、楽しそうにしている綾子を見ていた。

ホテルの部屋に戻ってからも喜美子は孝雄たちの部屋に来て、ときに身振り手振りを交えて綾子と話し込んだ。

綾子も懐かしそうな目で何度もうなずいたり、小さく笑い声を立てたりしている。

喜美子は昨年、孝雄が送った手紙で綾子の状態を知り、綾子のことを心配して気遣ってくれているのだと思った。


翌日、綾子の実家で一周忌の法要が行われ、読経の後に料亭に移動してみなそろって大きなテーブルについた。

綾子を含む四人の姉妹たちは自然と固まって、誠のことや両親のことなどの話題で盛り上がっている。

綾子も一緒に話に加わっていた。

何年ぶりかに見る明るい綾子たちの姿に、孝雄は涙が滲んだ。

孝雄は事前に法要の宴のシメを指名されていたが、経験のないことで何も考えていなかった。

「誠兄さん、ご家族や兄弟みんなが久しぶりに集まって仲良く話しています。これも、お兄さんのおかげです。ありがとうございました」

孝雄は誠に話しかける気持ちになると言葉が自然に出てきた。

宴を終えて実家に戻った後も、姉妹たちの話は続いた。

喜美子がK市まで帰る時間になり、一同は名残を惜しみながら解散した。

自宅に帰る車の中でも、昨日の楽しかった時間を振り返っているのか綾子はご機嫌であった。

「甲斐の山やまぁ〜」

「どうして、その歌を知っているんだ」

「お母さんが、よく歌っていたなぁ〜。どうして歌えるんだろう」

「子供の頃は、そんな歌は歌わなかっただろう」

「甲斐の山やまぁ〜」

綾子は思い出したように、同じ歌を何度も歌った。

心地よいアルトのメロディが孝雄の心の奥まで届いた。


帰宅した翌朝、綾子は居間の壁にかけてあるカレンダーをじっと見ていた。

「もう、誠兄さんはいないんだぁ」

エプロンで涙を拭きながら……。

ふるさと

二〇二三年十二月。

年末になって、綾子の姪の良美から手紙が届いた。

「拝啓
お元気でお過ごしでしょうか。
こちらは、初雪の後、次の雪は降らず、今のところ暖かい初冬です。
おかげ様で皆元気にしております。ただ、父のいない淋しさが癒えるには、もう少し時間がいると思われます。

もっと我が家のことで聞いておきたいことがあったような……。

大変遅くなって申し訳ありませんでしたが、娘が撮った写真を送ります。

叔母さんが生まれた故郷の金城山の景色です。

皆様お健やかにお正月をお迎えください。

敬具」

一周忌の時に撮った家族全員の写真と、誠が金城山の麓にある実家の畑を耕している写真が添えられていた。

先祖代々続いてきた実に平和で懐かしい光景である。

綾子が呟く。

「もう、誠兄さんはいないんだ」

孝雄と綾子が手紙を受け取って読んでいる時に、喜美子から電話が入った。

「良美ちゃんから来た手紙見た？

誠兄さんが畑を耕している写真を見てると、お父さんを思い出すね」

「私は写真を見てないけど、みんな元気にやってるんだろうか。

誠兄さんがいなくなったんで、淋しくなったね」

綾子はテレビの天気予報を見ていて新潟に大雪注意報が出されると、突然しくしくと泣き始める。

「雪国の人たちは大変なのよ。朝起きたらまず雪かきをして、その雪を庭の隅に積み上げて雪道を歩いて学校に行くのは、本当に寒くて大変なのよ」

そして涙を拭く。

「もう、誠兄さんはいないんだ」

第四章　交差点の閉鎖

都市計画説明会

二〇二二年五月。

孝雄は、市が発行する広報誌を読んでいた。

孝雄はいつも、市長のメッセージを読んだ後に市議会の議事や予算、市政ニュース、各種の催しものなどの見出しを流し読むが、市政ニュースの末尾の「〇〇道路の都市計画に関する説明会を開催します」という記事に目が留まった。

開催日時と会場が記載されているだけなので、内容は分からなかった。

説明会の名称から高速道路の延長工事に関することだと思われた。

説明会の会場は孝雄の自宅近くの市民会館で、翌週水曜日の午後七時と土曜日の午前十時に開催されるということだった。

孝雄はどちらの日も特段の用事はなかった。

「どんな話なのか聞いてくるか」


翌週土曜日の朝、二十分ほど歩いて会館に着いた。

孝雄が入り口で二枚の説明書を受け取り会場の大ホールに向かうと、すでに会場の半分ほどの席が埋まっていた。

孝雄は前から二十列目あたりの席に着いて開場を待った。

壇上中央のスクリーンには画像が映し出されている。

司会用のデスクが左の脇に、右側にはテーブルが並べられ、すでに数人が席に着いていた。

孝雄は配布された資料に目を通して開始を待った。

開始十分前になると、トイレやスマホのマナーモード設定などの案内があり、やがて司会者による壇上の出席者の紹介が始まった。

県と国交省からも出席者がいるが、立会人の立場として出席していた。

市の都市計画課の職員から、配布された資料に沿って二十分ほど「市のまちづくりの方針」を中心に説明が行われた。

市からの説明が終わり参加者から質問を受け付け始めると、多くの人たちが声を出して挙手をした。

住民に直結した道路であるだけに、孝雄は参加者の関心の高さを感じた。

最初の質問者は少し興奮気味にマイクを持った。

「国道の上町の交差点の渋滞について、どう考えているのか」

いきなり具体的な質問だったので、孝雄は質問の意味が理解できなかった。

「今でさえ、朝夕の通勤時間には上町の交差点は大渋滞しているのに、下町の交差点が閉鎖廃止されたらどうなると思いますか。

今回の廃止計画素案は、現状調査に基づいて作成されたものなのですか」

質問者は畳みかけるように質問を続ける。

都市計画課の担当者が、同じ答えを繰り返した。

「ご意見は、県の都市交通局にお伝えいたします」

質問が続くにつれて、綾子がいつも買い物に使っている交差点が閉鎖・廃止される計画素案について、質疑が始まっていることが孝雄にも分かってきた。

孝雄は初耳であった。

綾子は自動車事故を起こして以降、ほぼ毎日歩いて下町交差点を渡り、ショッピングモールに買い物に出掛けるようになっていた。

下町交差点が閉鎖になると、綾子は隣の北町交差点に大回りして買い物に行かなければならなくなる。

孝雄はとても受け入れられる計画ではないと思った。

孝雄も手を挙げたが、なかなか指差しされない。

説明会の閉会の時間が迫ったところで、孝雄の番が回ってきた。

「私の家内は先日運転免許証を返納して、現在は歩いて下町交差点を通ってショッピングモールに買い物に行っています。

交差点が閉鎖になると隣の交差点に回らなければなりません。

そうなると、現在二十分で行けるところが四十分かかることになります。

家内だけでなく、この地域の住民はみなそうなってしまいます。

交差点を閉鎖して住民の生活を不便にするような計画は、とても受け入れることができません。

生活道路の閉鎖に反対です」

拍手があった。

「ご意見として伺いました」

さらに孝雄は続けた。

「私は今年七十五歳になります。

運転免許証の返納を考えていましたが、交差点が閉鎖になるようなら返納どころではありません。

高速道路の出口を設けるために住民の生活道路を閉鎖するというのであれば、出口を設けること自体に反対します」

先ほどより多くの拍手があった。

「ご意見として伺いました」

市側は、具体的な説明を避けるように同じ回答を繰り返した。

その後も質問が続いたが、予定の時間を超えているとして説明会は打ち切られた。

「本日伺いました皆様のご意見は県に報告させていただきます」

孝雄をはじめとする参加者たちは消化不良のままで、説明会は終わった。


孝雄が家に戻ると、綾子が待っていた。

「どこに行ってたの」

「市民会館に行って、高速道路の計画の話を聞いてきた」

「おとうさんがいなかったから、買い物に行って帰ってきたところよ」

綾子は昼食のサンドイッチとコーヒーを食卓に置いた。

「いつも通っているコンビニのところの交差点が閉鎖になるらしい」

「えっ、それって買い物に行くときに渡る交差点のこと?」

「そうだ」

「だったら、私はどうやって買い物に行くの」

「北町の交差点に回っていくことになる。

今の倍ぐらい時間がかかるかなぁ」

「そんなの困る。

帰りは荷物がたくさんあるのよ。

今でも大変なんだから」

「そうなったら、車で送っていくよ」

「買い物は私の仕事だから、自分で行くわ」

　孝雄は食事を終えてソファに座ると、考え込んだ。

（いきなり交差点閉鎖の話が出て質問が続いたのは、腑に落ちないなぁ。

参加者も、思った以上に多かったし

（そうか……、質問をした人たちは事前に交差点廃止のことを知っていたのだな）

孝雄は考え込んだ末、中学校の同級生である加藤優介に電話をかけた。

彼は、国道沿いの町内に住んでいる。

「優ちゃん、久しぶり。

市民会館であった○○道路の説明会に行ってきたけど、下町の交差点が廃止されること知っていた？」

「知ってるよ。

町内の回覧板に、説明会に出席するようにというチラシが入っていたので、水曜日に聞いてきた」

「そのチラシ、見せてくれる？」

孝雄は加藤と近くの喫茶店で待ち合わせた。

加藤は町内に回覧されたチラシを持ってきていた。

【各戸配布】

上町内にお住まいの方　各位
〇〇道路の都市計画の素案に関する説明会の出席依頼
「〇〇道路築造計画の中で、高速道路の出口を設置するため、国道の下町信号交差点を廃止閉鎖するという素案が含まれています。
この信号の廃止閉鎖は、日々の生活に大きな影響を与えます。
とても重要な説明会ですので、出席していただくようお願いいたします」

とあり、チラシの下には説明会開催の日時と場所が書かれ、閉鎖される交差点の地図が載っていた。


孝雄は疑問が解けた。

孝雄の町内会は、説明会の開催について案内をしていなかったのだ。

「交差点が閉鎖になると困るよな。市に廃止閉鎖を撤回してもらうように、関係する地域全体で申し入れしないと駄目じゃないか。

そうしないと、なし崩しに施工されてしまうぞ」

「山本は、何でも突っ込むなぁ。

工事が始まって閉鎖される頃には、俺たちはこの世にいないよ」

「そう言ったって、次の世代が困るだろう」


加藤と会った翌週、孝雄は月曜日の朝一番に、市役所の都市計画課に電話をした。
○○道路の担当と思われる男性が出た。
「土曜日、○○道路の説明会に参加して初めて知ったのですが、下町の交差点が廃止されることについて、配布された資料に全く触れてなかったのはおかしくないですか。

広報誌を見ただけで、交差点の廃止閉鎖の話があると分かる人はいませんよ。

生活道路の交差点を閉鎖されて不便になる住民に対して、もう一度説明会をやってください」

「担当の者に替わります」

孝雄はまた同じことを話した。

「前回の町内会長の会合で、説明会の開催について案内をさせていただいております。

広報にも、説明会開催の案内を記載させております。

関係する住民の皆さんにどこまで伝えられたかは、市の方では掌握いたしておりません。

再度、説明会を開くかどうかの検討会を行うか検討いたします」

それ以上の回答は得られそうになく、孝雄は電話を切った。

週末に、先日対応した担当者宛に、孝雄は再度電話をした。

「説明会を開いてもらうことになりましたか」

「市としましては、改めて説明会を開催することはありません。

先日の説明会で伺った皆さんのご意見は、県の方に報告いたします。

改めて、県の方で公聴会が開催されることになりますので、ご意見がありましたらその機会に伺うこともできます」

市役所としては、説明会開催の既成事実を作ったので一段落したということなのだ。

孝雄は市会議員に知り合いはなかったが、実家の近くに事務所がある市会議員を訪ねてみた。

「説明会に出席していましたので、内容は分かっております。

できる限り良い方向に持っていきますので、当面様子を見ておいてください」

孝雄は市会議員に言ってもどうなることではないと思ったが、電話番号を伝えて帰った。

チラシの配布

孝雄は加藤が持っていた隣町で配布されたチラシを参考にして、下町交差点の閉鎖廃止を訴えるチラシをパソコンで作った。

○○道路の説明会が開催されたこと、素案に下町交差点の閉鎖廃止が含まれていること、計画素案の作成と説明会の開催は市まちづくり部都市計画課であること、末尾に都市計画課の電話番号を記載した。

そして配布者を「北町出入口（仮称）の設置及び下町交差点の閉鎖廃止に反対する会」として百五十枚プリントした。

夕方、孝雄はチラシを持ち町内の各戸の郵便ポストに入れて回った。

町内には五百戸以上あるので、五軒に一部の見当で百部ほど配り終えた。

翌日の朝、孝雄は通勤時間に合わせて交差点付近に立ち、信号で停止した車の運転手に声をかけ了解してくれた人にチラシを手渡しすることにした。

「この交差点を閉鎖することが検討されていることを聞いてますか」

ほとんどの人が首を横に振り、その半数以上の人がチラシを受け取った。

信号が変わるのを見計らっての説明なので、孝雄は一度の信号で二部渡すのが精一杯であった。一時間ほどかかったが、三十枚手渡しできた。

孝雄はいったん家に帰り一休みした後、買い物時間に合わせて交差点に戻り、信号を渡る人に声をかけてみた。

歩いて交差点を渡る人は、手押し車を押した高齢の女性くらいである。

孝雄が声をかけてチラシを渡そうとすると、手を横に振って断られる。自転車で横断する人たちは、五十代前後と思われる女性が多く、うまくタイミングが合って声がかけられるとチラシを受け取ってくれた。

孝雄は一時間ほどで、残っていた二十枚のチラシを配り終えた。

翌日、市会議員から孝雄に電話が入った。

「山本さん、都市計画課がえらい騒ぎになってます。下町の交差点の件で電話が鳴りやまず、対応におおわらわです。ところでお聞きしますが、山本さんはどこかの党員ではないですよね」

「いやいや、違います。交差点が閉鎖されると非常に不便になって困るので、反対しているだけです」

「了解です。今は動かないで、じっとしていてください。

なんとかなりますから」

孝雄は、チラシを見た人たちが都市計画課に電話を入れてくれていると思った。

三カ月後、孝雄が自宅の郵便受けを開けると、地元の県会議員の県政報告のチラシが入っていた。

次のようなことが記載されている。

「県議会　令和四年八月議会本会議にて質問に立つ
〇〇道路の整備延伸　都市計画素案発表!!

〇〇道路の整備・延伸による生活道路への影響について、下町交差点の閉鎖・廃止案がある。

この交差点は周辺に地域住民の生活の基盤となるショッピングモールや公民館などがあり、交通量が多く、大変重要な交差点である。

対策案が示されないまま計画が進行していくことは、誠に受け入れがたい」

チラシには説明会の資料にあった地図が記載され、さらに下町交差点の中央分離帯の閉鎖部分の詳細な拡大図を付けている。

孝雄には市が県にどのように報告しているか分からなかったが、県議会議員が県議会で取り上げたということは、交差点の閉鎖は撤回されるかもしれないと思った。

孝雄は綾子にもチラシを見せたが、反応はなかった。

「閉鎖になると言っていたコンビニの交差点、閉鎖が撤回されるようだ」

「コンビニの交差点が通れなくなるのは困る」

「決まったわけではないけど、今のまま残りそうだから安心しろ」

「交差点は通れるんだよね、大回りしなくていいんだよね」


翌年の五月始めの回覧板に、【町内の皆様宛】の都市計画課長発信のチラシが入ってきた。

「〇〇道路等の都市計画素案の見直しについての説明会の開催のお知らせ」とあり、市民会館で、土曜日と水曜日の午後七時に開催されるということである。

孝雄が参加した水曜日の会場は、中ホールでこぢんまりとしたところであった。

参加者は三十名ほどで、前回と比べると違和感がある。

配布された資料は前回と同じもので、冒頭の市による説明では下町交差点の件は触れられなかった。

孝雄は、交差点閉鎖について質問した。

「前回の説明会では下町交差点の閉鎖・廃止の件が一番の問題として質疑が行われたと思

いますが、先ほどの説明では何も触れられませんでした。閉鎖・廃止は撤回されたということでしょうか」

「そうであります」

これで決着した。

下町交差点の閉鎖廃止の撤回は、各町内会や市会議員、県会議員などの働きかけがあってのことだと孝雄は思った。

孝雄の百五十枚のチラシ配布がどのように影響したかは分からない。

綾子が買い物に使う交差点が閉鎖されては困るという動機でチラシを作り配って歩いたわけであるが、閉鎖廃止の撤回という結果につながり、孝雄には達成感があった。

野鳥の撮影

交差点閉鎖の問題が発生して以来、孝雄は加藤優介と月に一度、喫茶店で会うようになった。

「下町交差点の閉鎖廃止が取りやめになったのは良かったな」

「そうだよなあ。北町交差点まで行くのは大回りだもんな」

「話が変わるけど、堤防公園でコゲラの巣を見つけたぞ。

遊歩道のすぐ脇の木に巣穴を開けて、親鳥が盛んに出入りしているんだ。

たぶん、卵が孵ってヒナを育てていると思う」

「へー、コゲラのヒナ。

そこは、すぐに分かるところ？」

「明日空いてれば、案内するわ。

カメラを持ってこいよ。

望遠レンズがあればあるに越したことがないけど、フェンスのすぐ脇の木なので標準レンズでも撮れる」

加藤は数年前から野鳥の撮影に凝っているという。

孝雄が帰って綾子にも話をすると、ぜひ見たいと言う。

翌日、孝雄は綾子と一緒に車で加藤を迎えに行き、三人は堤防公園に向かった。

駐車場から歩いて十分ほどのところにコゲラの巣はあった。

遊歩道から一メートルほど離れて立っている枯れかけた木には、数カ所小さな穴が開いている。

「ほら、見えるだろ。

あの穴がコゲラのいる巣だ。

ヒナが生まれたばかりなので、オスとメスが入れ替わり餌を持ってくる姿が見られる」

息をひそめながら十分ほど待っていると、巣穴からヒナの顔が見えた。

綾子が叫んだ。

「かわいい!!」

孝雄は慌ててシャッターを押した。

「かわいらしい顔をしてるなぁ」

ヒナはくりくりとした目をして、顔を出して周りを見回している。

「あれはヒナで、親が餌を持ってくるのを待っている」

「ギィー」という小さな鳴き声が聞こえた。

「あっ、鳴いた!!」

綾子は小さく声を上げ、慌てて口元を押さえながら肩をすくめる。

「おなかが空くと顔を出して、親鳥を呼ぶんだ」

しばらくすると親鳥が現れて、ヒナに口移しで餌を与えた。

孝雄は夢中になってシャッターを切った。

その場で二時間ほど撮影して、近くの東屋に移動した。

孝雄は加藤と写真の見せ比べをする。

「優ちゃんの写真はコゲラの嘴の周りに付いている草の種まで写っているけど、俺の方は拡大するとボケてしまい絵にならない」

「六〇〇ミリの望遠レンズを使っているんだ。

拡大して撮っているからピントがバッチリ合ってる」

綾子も、二人のカメラの画像を交互にのぞき込んでうなずいている。

孝雄はコゲラの餌やりのシーンが撮れてうれしかったが、加藤の撮った写真と見比べると見劣りして悔しかった。

「本当だ。

おとうさんの写真、ちょっとボヤけてててはっきりしてないよ」

綾子は孝雄に手厳しかった。

孝雄は加藤が持っている望遠レンズとミラーレスカメラが欲しくなり、同じ物を購入することにした。

天気の良い日は、孝雄はジムに出掛ける代わりにカメラを抱えて一人で河川敷を歩くようになり、ヒヨドリやセグロセキレイ、モズ、エナガなど、新しく野鳥に出会うと夢中になって撮影した。

孝雄の野鳥撮影の師匠となった加藤や撮影中に新しく知り合った写真の先輩たちからも教えを受けて、漂鳥の如く近郊の池や森にも出掛けるようになると、サンコウチョウやミサゴ、ハチクマなど顔見知りの野鳥の種類が増えていった。

孝雄は堤防の傍にある公園のトイレの軒下にツバメが巣づくりを始めているのを見つけ、出来上がるのを楽しみに立ち寄っていた。

オスとメスが一緒に飛んできて、交代しながら少しずつ泥で巣を作り上げていく。

ある日、鳥の撮影仲間から連絡が入り、孝雄が急いで行ってみると、完成間近だったツバメの巣は無残にも取り払われ、下の道路にその残骸がばらばらに散らばっていた。

例のつがいであろう二羽のツバメがせわしげに周辺を飛び回っている。

トイレの利用者から苦情があってのことかもしれないが、公園の管理者が取り払ったと思われた。

孝雄は綾子に報告した。

「それでは、ツバメたちがかわいそう。

なんとかしてあげなくちゃ」

孝雄が巣の撤去の件について、地方新聞に投稿したら採用され掲載された。

巣完成間近だったのに撤去

「四月半ば、公園のトイレの軒下でツバメが巣を作り始めていました。ウォーキングの途中に立ち寄って、巣ができていく様子を見守っていました。ところが、完成間近になって巣が撤去され、代わりにカラスの形をした風船がぶら下がっていました。

ふん害を心配したのかもしれませんが、それならふんを受けるトレイを設置するなどの対策があったはず。

巣を撤去するという公園管理者の対応には疑問が残ります。

自然を楽しむことができる公園で、自然との共生ができないというのは残念です」


その後、しばらくしてプラスチック製と思われるツバメの巣が元の位置に貼り付けられその下にふんを受ける板状の物が取り付けられていた。

翌年、ツバメはチャッカリとその巣を利用して、子育てをしていた。

孝雄が綾子に報告すると、ツバメを見に行きたいと言うので車で公園に出掛けた。

「ツバメさんたち、良かったね」

第五章　孝雄の実家の義姉

マンション経営

孝雄の実家は市の中心部にあり、大正時代に創業された乾物（昆布・干ししいたけ・するめ等の乾燥した食品）問屋を営んでいた。

孝雄は、高校を卒業して京都の大学に入るまでその家で暮らしていた。

一九六〇年一月。孝雄が小学校六年生の時、孝雄の母親が胃がんで亡くなる直前に、長兄の昭雄が結婚をした。

昭雄夫婦は離れの部屋に住んだ。

昭雄の妻・智恵子は、嫁いできていきなり義父と食べ盛りの中学三年生、小学六年生の義弟たちの食事や洗濯などの世話をすることになった。

孝雄は昭雄の妻智恵子が作る食事が楽しみであった。

孝雄の母親は明治四十二年生まれだったこともあり、料理は煮物が中心であったが、義姉はカレーやシチューなど洋風の料理が得意で、その味は孝雄にとって新鮮でおいしかった。学校から帰ると真っ先に台所に向かい、料理中の鍋をのぞいては摘み食いしていた。智恵子は長男忠司が誕生すると育児に追われ始めた。孝雄は中学生になり、学校が休みのときは友人と遊びに出掛けるようになった。

孝雄は、東京の会社に就職してからは実家に帰る機会はほとんどなくなった。

乾物問屋は昭雄が継承していたが、業界の衰退で見切りを付け廃業して店舗兼住居としていた建物を取り壊し、銀行からの借り入れで三階建ての賃貸マンションを建てた。マンションの一階は昭雄たちの住居と三軒の店舗及び駐車場、二階と三階にかけて二〇室の貸し部屋であった。

小規模なマンションであったが、ＪＲの駅から歩いて十分ほどの立地と各部屋の間取りが南向きで二ＬＤＫの設計であったので、開業して間もなく満室となり、順調な経営状態でスタートしていた。

長兄夫婦は二人でマンションの経営を続けていたが、高齢化に伴い、息子の忠司が勤めていた会社を退職して家業を手伝うようになっていた。

孝雄は退職後、綾子と一緒に正月とお盆や両親の命日に仏壇にお参りに実家に出掛けて、昭雄夫婦とよく話し込んでいた。

忠司は独身で病気がちであった。

孝雄が実家に立ち寄った折に忠司に尋ねた。

「体の具合はどうなんや」

「半年ほど前から腰や背中が痛くなって、整体院に通っているけど全然良くならない」

「ちゃんとした病院に行ってみてもらった方がいいと思うよ」

智恵子が口を挟んだ。

「市民病院に行って、検査をしてもらいなさいよ」

「その方がいいよ。

最近痩せてきているし、市民病院に行ってこいよ」


それから二週間後に、孝雄と綾子が昭雄に呼ばれた。

智恵子は沈んだ面持ちで、お茶を淹れている。

昭雄が深刻な表情で話し始めた。

「忠司のことなんだが、実はすい臓がんだと言われたんだ。

医者によると、もうすでに手術は難しいらしい」

「すい臓がんだったんだ」

「ステージ4まで進行していて、リンパに転移して手術ができない状態だと医者から言われた」

「手術ができないところまで来てるんだ」

「余命二週間と言われて、痛みを和らげるための薬物療法を始めた」

「そんな状態まで、進んでいたんだ」

綾子は涙を浮かべ、じっと昭雄を見つめていた。

「私は八十歳になっており体力的に衰えてきて、この先マンションを経営していくことは難しいであろう。

これからは、おまえたち夫婦に手伝ってもらいたい」

自らにも言い聞かせるように語る昭雄の口調は穏やかだった。

実家からの帰りの車の中で、孝雄は綾子に話しかけた。

「大変なことになったけど、一緒にマンション管理を手伝ってくれるか」

「私たちが応援してあげなくちゃ、
お兄さんたちだけではできないわ」

二〇一三年二月。孝雄と綾子はマンション管理を手伝うことになった。

二週間後に忠司は亡くなり、家族葬で見送った。

喪主は昭雄であったが、会葬御礼は孝雄が代わって挨拶をした。

葬儀を終えると、昭雄夫婦は孝雄と綾子に加え、孝雄の長男の洋平を養子縁組した。

一年後、息子の忠司を追うように昭雄がすい臓がんで亡くなった。

昭雄は亡くなる当日の朝、智恵子の耳元でささやいた。

「八十一年間いろいろあったけど、よくやってきたよな。

ありがとう。

後のことは、しっかりやってほしい。

孝雄もよくやってくれた。

無駄遣いしないように」

そして最後に小さく言った。

「……梅干しを食べたい」

一人残された智恵子は七十八歳になり、マンションの一室に一人で生活することになった。

智恵子は明るい性格で、人前で涙を見せることはなかった。

マンションを運営する会社の社長は智恵子である。

昭雄の株式を譲り受けて、孝雄は取締役になった。

経営者は孝雄と智恵子の二人。綾子は一階の小さな事務所で出納担当としてパートで働き始めた。

綾子は商業高校を出ていたので簿記の仕事ができた。

入居者からの家賃振り込みの確認や光熱費、電話代などの経費の支払いを管理して出納帳を作る。

綾子の仕事は正確で手際も良かった。

特に、月末から月初にかけては忙しく、多くの書類を項目ごとにまとめ、出納帳に間違いなどがないか何度も見直していた。

綾子は頼りがいのある存在であった。

孝雄の主な仕事は、地域で決められたごみ出しルールを守らない住人のごみの始末である。

マンションのエントランスの掲示板に幾度も注意書きを貼ったが、効果はなかった。通勤途中で、マンションのごみ置き場にごみ袋を捨てていく近隣の人もいた。

外周りの掃除や入り口にある小さな庭に植えられた花への水やりなども、孝雄の日々の仕事であった。

孝雄は、マンション経営が始まって以来の会社の決算書を一覧表にまとめた。

マンションは、建築されてから二十四年経っている。

損益計算書と貸借対照表を追っていくと、開業当初から十五年ほどは満室状態が続き経営状態は良好であったが、徐々に空室が出始め、売上の減少により営業利益が赤字化し悪化傾向が進んでいた。

幸いなことに、開業してから二十年後に銀行からの借入金の返済を終えていた。

詳細に見ると、昭雄夫婦が会社への貸付金を増やすことで銀行からの借入金を漸減《ぜんげん》させていたのが分かった。

経営内容の悪化に伴い、昭雄夫婦からの借入金は膨らみ昭雄夫婦の財産は会社への貸付金に置き換わり、残された智恵子の財産は会社への貸付金が大半となっていた。

一時は空室の方が多い時期もあったが、忠司の営業努力によって空室は八室までに回復していた。

しかし、五年前から一階の店舗三軒のうち二軒のシャッターは閉じられたままで大きな懸案の一つであった。

月に二回、孝雄は駅前にある数軒の不動産業者に顔を出し入居者の紹介を依頼して回ったが、芳しい反応はなかった。

近年、駅近くに新しく分譲や賃貸のマンションができ、新規の入居者はそちらに回っていると想像された。

孝雄はネットで貸室検索サイトを調べてみた。

最寄り駅や家賃、間取り、駅からの距離、築年数などの条件設定で物件が絞られる。

検索の結果、孝雄は築二十年を超える物件は、ほぼ検索の対象外であると知った。

そこで孝雄は不動産業者を絞り込み、営業マンたちからアドバイスを受けてマンションの家賃を周辺の新しいマンションより割安に設定した。

孝雄の案が功を奏し徐々に入居者が増えていったが、それを喜んでいると次は退去者が出るという状況で、じれったい思いはなかなか解消されなかった。

ところが奇跡的というか、亡くなった昭雄が天国から呼び込んだかのように、一階の二つの空き店舗が続けて埋まった。

それに伴って綾子の仕事も一段と忙しくなった。

孝雄たちがマンション経営に関わってから一年半経った。

店舗は埋まっていたが、個室の空室はまだ五室残っていた。

このまま成り行きに任せていては、じり貧になっていくのは間違いなかった。

築年数三十年を超えると外装工事や給水塔の改修工事などが必要になり、経費倒れになってしまうのは明らかであった。

家賃を下げて入居者を入れたとしても、売上額は減少し入居者の質が落ちてマンション内の治安が悪化していくこともあり得る。

そのような時、孝雄は新聞の半ページを使った広告により、不動産業者のサブリース説明会が名古屋で開かれることを知った。

「サブリース」という聞きなれない用語を孝雄はネットで調べた。

サブリース契約とは、契約としている賃貸物件を不動産管理会社に一括管理してもらい、さらに毎月定額の家賃保証を受けられる契約のことである。

(これであれば空室が埋まるかもしれない。

満室状態にして売却できれば最高だな)

孝雄は新聞の広告を持参して智恵子の元に行き、サブリースについて概略の説明をして、一緒に話を聞きに行こうと持ちかけた。

「リノベーション（部屋の内装や外装、設備を新しいものにする工事）にお金ばかりかかって、本当に元が取れるだろか……」

智恵子は乗り気でなかった。

「サブリースってよく分からないし、なんだか怪しげな感じがする」

智恵子は戸惑いを見せていたが、孝雄が背中を押した。

「話だけでも聞いてみよう」

孝雄はその場で業者に電話を入れ、説明会参加の予約を取った。


孝雄と綾子、智恵子の三人は説明会に出掛けた。

説明会の話では、この業者は本社が東京で、名古屋地域でのサブリース契約物件はほとんど実績がないようであった。

説明会を聞いた孝雄は、業者側はリノベーションの改装を請け負うことができ、新規の入居者の家賃三カ月分を受け取れるうえに、マンション管理費が入手できるのでうまくできた仕組みであると思った。

発注者側にとっては、入居者の有無に拘わらず、改修工事の完了後四カ月以降の家賃が保証されているので安心感がある。

入居者紹介のための不動産業者回りをしなくても済む。

智恵子はサブリースの概要について理解したようである。

「サブリースについて、綾子さんはどう思う?」

「今日の話だけでは、よく分かりませんでした。

もっと、詳しく話を聞いた方がいいと思います」

「私もそうなのよ。

どんなもんか、家に来てもらって詳しく話を聞いてみようか」

綾子と智恵子の意見を聞き、孝雄は説明会の帰りに、訪問依頼の申し込みをした。


数日後、やってきた営業マンは誠実そうであった。

サブリースの仕組みの詳しい説明が終わった後、一緒に外周や空室を見て回った。

営業マンは、個室の玄関や居間、風呂、キッチンなど室内の写真を何枚か撮っていた。

「全室の南面にベランダがあり間取りも広くていいですが、和室の部屋は洋間に改造する必要があります。

それと、キッチン周りを新しいものに入れ替える必要がありますね。

今の若い人たちが希望するようにリノベーションをしないと、なかなか入居者は現れません」

建築してから二十五年経っているので、その間に顧客のニーズが変化してきているのは確かであろう。

顧客のニーズに合わせた改装をして、市場の相場価格を見極めて空室を埋めるということなのだ。

（駅前の店舗への来店者やネットのサイトで、入居者を優先的に誘導するのであろう）

と、孝雄は思った。


二週間ほどして営業マンが見積書を持ってきた。

孝雄が思っていた以上の規模の改装工事であり、リノベーションにかかる費用も思っていたより高かった。

業者が設定した家賃は、今までと比べると一割ほど安い。

改装費用の回収に一年ほど要する計算だが、空室が埋められるなら試してみる価値はありそうであると孝雄は考えた。

智恵子が即断した。

「三〇二号室をやってみてください」

その場で、三〇二の改修工事を含むサブリース契約を行った。

不動産会社が指定した業者によってマンションのリノベーションが始まり、工事は一カ月程度で完了した。

出来上がった部屋は明るく変わり、見違えるようである。

智恵子は室内のすみずみまで見て回り、満足したようであった。

「随分と変わるものだね」

不動産業者は駅前に支店があり、優先的に借主を案内して改修工事の間に入居者を決めていたようで、工事完了とともに入居者が決定した。

業者にとっては四カ月後から家賃保証費用が発生するので、少しでも早く入居者を決める必要があり、顧客の確保に万全の体制を取っている。

智恵子は一室目がすぐに埋まり、家賃が入金されたのを確認して、サブリース契約に納得した。その後、次々と空室のサブリース契約をして、空室が全部埋まっていった。

その年の決算は満室になったことで売上は上がったが、修繕費が大幅に膨らんだことで単年度の営業利益は大幅の赤字になった。

しかし、売上が上がったことにより利益体質に変わる傾向が見られ、智恵子も孝雄も胸を撫で下ろしたのである。

そんな中、綾子の仕事量は膨らみ忙しい日々を送るようになっていた。

マンションの売却

二〇一五年十月。

孝雄は、何気なく智恵子に言った。

「この先、外装工事や給水塔の改修などでお金がかかるようになるよね。マンションをこのまま経営し続けていたら、経費倒れで倒産してしまうと思うよ。いま売ったら、マンション、いくらで売れるだろう」

「建ててから二十七年になる物件を、買う人がいるんだろうか」

「駅前に不動産の斡旋業者があるので、相談に行ってみようか」

孝雄と智恵子が相談した不動産業者は、物件の確認や土地建物の謄本確認などで数回訪ねてきて、賃貸マンション売買用の紹介サイトに売物件としてマンションを掲載した。

売却希望価格は業者が設定していた。

二人が思っていたより二倍を超える価格設定である。

一棟建てマンションの購入者は、現在の家賃収入と建築の構造、築年数、立地条件などから投資の利回りを計算して投資の判断をする。

売り手側は、市場の相場価格を参考にして高めに希望価格を決めて提示する。

双方が、ウェブサイトに登録された斡旋業者を通して交渉し、価格が折り合った場合に売買が成り立つ。

不動産業者が新聞にチラシ広告を入れて、マンション売却の情報が伝わり近所の評判になっているようであった。

孝雄と智恵子は斡旋業者の担当者を訪ねて状況の確認をした。

買い手から数件、問い合わせが来ているという。

「築年数二十七年の物件で、この価格は高すぎる」

「半値八掛けで十分だ」

などというネットの書き込みをタブレットで見せてくれる。

「サイトに掲載してから、一～二日が勝負です。

それ以降は、問い合わせがほとんどなくなります」

「今の段階で、買うと言う人がいますか」

「三件、購入希望価格を提示されている業者があります。

今の市場価格から判断しますと、こちらの価格であれば精一杯といったところだと思います」

購入希望者が提示した金額は、こちらの希望価格の四割ほどであった。

「一度帰って、検討します」

孝雄と智恵子は、マンションの部屋に戻って話し合った。

智恵子が先に言った。

「思っていたより厳しい金額だったね」

「私もそう思う。

それでも、持ち続けて経費倒れになることを思えば、思い切って売ってしまった方がいいと思う」

「そうしよう」

話は決まった。

孝雄と智恵子は不動産業者の立ち会いの下で、買主と契約書を取り交わした。

先方が指定した銀行の応接室で、売買金の入金と土地と建物の名義変更確認をして取引が完了した。

仲介手数料や測量費などの経費と国税・市県民税を差し引くと、智恵子が介護付き有料老人ホームに入居できる程度の金額が手元に残った。

当面、智恵子は住んでいた部屋を新しい持ち主と賃貸契約をして、新たに借主としてそのままマンション住まいを続けることにした。


孝雄は税理士事務所に出掛けて、会社の解散手続きを進めた。

解散するとなると会社のすべての資産を整理しなくてはならないが、会社名義になっている長野県M町の山林の処分だけが懸案事項として残ってしまった。

どのような経緯で山林を所有したのか、孝雄は智恵子に尋ねたが智恵子もその経緯は分からないと言う。

智恵子と孝雄は会社の役員をしているので購入することはできないと税理士から言われていて、孝雄は処分に行き詰まった。

孝雄は一人で現地を見に出掛け地元の不動産業者に相談したが、売却できるような物件ではないと断られた。

そこで、売却金額を百年分の固定資産税額にすると提案してみると、即座に買い取ってくれることになった。

孝雄は法務局に出向き解散手続きを完了した。

大正十二年に祖父により乾物問屋として創業され、太平洋戦争をも乗り切り父親や昭雄が継承してきた会社を解散して、九十三年の幕を閉じた。

「これで、実家はなくなってしまった……。

これで良かったのだろうか……」

孝雄が智恵子に報告すると、安堵した顔をして言った。

「やれやれ、これで安心してあの世に行けるわ」


この間、孝雄はマンションの売却・会社の解散という経験したことのない手続きに追われて経理処理は綾子に任せきりになっていた。

綾子は経験したことのない経理業務を受け持ち、たくさんの書類を整理しながら難しい顔つきで計算したり、書類を見直したりしていた。

それは綾子の能力を超えていたと思われる。

綾子一人で処理するには無理があったかもしれない。

税理士事務所に一緒に出向いた時、緊張のせいか綾子が小刻みに体を震わせていたことを孝雄は思い出した。

税理士から指摘されたことは、孝雄が指示してなんとか対応していたが、その頃の綾子は一人で悩んでパニックに陥っていたのだ。

この一年半は、マンションのリノベーション（改修工事）を皮切りにマンションの売却や経営していた会社を解散する手続きなどで、孝雄も目の前の仕事をこなすのに精一杯であった。孝雄も綾子も心の余裕など持てない時期であった。

そんな状況のときに、綾子は車の接触事故と一時停止違反を起こしていた。

その頃の綾子がパニック症に陥っていたのではないかと考えると、孝雄の気持ちは重くなった。

第六章　山友

頂上を目指して

二〇〇九年。

孝雄は、定年退職して地元に戻り年金生活に入っていた。

綾子とは月に一度ほどであったが一緒に近場の観光地に出掛け、帰りに日帰り温泉に立ち寄って帰ってくるのを楽しんでいた。

孝雄にとっては、長い間一人で家の番をして子育てをしてくれていた綾子に恩返しの意味合いもあり、年に二回ほどツアーで北海道や九州方面などにも一緒に出掛けた。

しかし孝雄が退職してから二年後に綾子の乳がんが見つかり、左の乳房を全摘してからは、声をかけても断るようになった。

「おとうさん、一人で行って」

抗がん剤の影響で足の爪が巻爪になり、靴では足元が痛むためサンダルを履くようになったからだろうか。

手術で乳房をなくし共同風呂に入るのが嫌になったのも要因の一つかもしれない。

孝雄は綾子と一緒に出掛けることがなくなり、孝雄も旅行に行く機会がなくなった。


二〇一七年四月。

定年退職をして地元に戻ってきてから八年が過ぎ、孝雄はジム通いに精を出していた。

孝雄がスポーツジムに行ってトレーニングを終えて入浴していると、小学校六年生の時に同じクラスであった中村が入ってきた。

「中村やないか。

久しぶりやなぁ」

「おぉ、山本か。

元気にやってるか」

「定年退職してから通い始めたので、八年目になる。

おまえはいつから通ってるんだ」

「三カ月前に仕事を息子に任せるようになってからだから、まだ新人や」

「だいぶ腹が出てるな」

「初めのうちはレッスンを受けたりマシンを使ったりしていたけど続かなくて、今は時々プールで歩くぐらいや。

サウナと風呂に入りに来るだけでも、毎日スーパー銭湯に行くのと比べたら同じぐらいかかるから、ここの方が空いてるのでいい」

「計算するとそうなるか」

「話は変わるけど、おまえ涸沢カールに行ったことあるか」

「観光旅行のパンフレットで見たことがあるけど、行ったことはない。

紅葉がきれいらしいな」

「去年の秋に旅行会社のツアーで行ったけど、紅葉とモルゲンロートは最高やったぞ。忘れられん光景やった。

春から低山の登山を始めて、段々とレベルを上げて脚力を付けてから二泊三日で登るんや」

「そんなツアーがあるのか、知らなかったなぁ」

「おまえも行ってみたらどうや。

ジム通いばかりじゃつまらんからな。

行けるうちに行かないと」

孝雄は、涸沢カールに行こうと思った。

出会い

帰宅して、孝雄はパソコンで旅行会社サイトを検索すると「春から始める登山　涸沢カールの紅葉を見に行きましょう」というタイトルのツアーを見つけ出した。申込期限が迫っていたので、孝雄はそのまま申し込みまで進めた。

ツアーは、近郊の山から始まり木曽駒ケ岳、伊吹山、そして九月に孝雄の最終目的地の涸沢カールである。


バスによるツアーで、集合も解散もＪＲの駅前であった。

その日の行程が済むと、孝雄は地下鉄を利用して帰宅する。

孝雄が電車を待っていると、ツアーに参加していた孝雄と同じ年頃と思われる女性と一緒になった。前回のツアーでもプラットホームで見かけ、軽く会釈を交わしていた。

「こんにちは、今日の木曽駒ケ岳は天気に恵まれて良かったですね」

「本当に、千畳敷カールから富士山が見えましたよね。コバイケイソウやシナノキンバイ、チングルマたちがかわいらしかったです」

「宝剣岳の山の峰もきれいでしたね。

山が好きな人たちの気持ちが分かりました。

自己紹介が遅れましたが、私は山本と言います。

登山を始めたばかりですが、紅葉の涸沢カールが見たくてツアーに申し込んだんです。

登山は始められてからもう長いのですか？」

「そうですねぇ、学生時代から始めたので経歴だけは長いのですが、結婚してから子育てに追われてブランクがありましたから、本格的に登り始めたのはここ十年くらいです」

「じゃぁ、ベテランですね」

「山の景色を見るのが好きなんです。

気が向くと、天気が良い日にふらっと近くの山に出掛けるんです。

季節ごとに移り替わっていく山の風景と、花たちと出会うのが好きなんです」

「いつも、一人で登られるんですか」

「はい。前は友達と一緒に日帰りができる山に登っていましたが、最近は日程調整がうまくいかなくなって一人で登っています」

電車が来たので孝雄は女性と一緒に乗り込んだ。

座席に少し空席があったが、二人は出入り口近くの通路に並んで立った。

「失礼ですけど、お名前を伺えませんか」

「吉田と言います」

「吉田さんは、どうしてこのツアーに申し込まれたんですか」

「そうですね。

夏に奥穂高岳に登った時に涸沢ヒュッテに泊まったことがありますが、紅葉の時期に涸沢カールに入ったことがありませんでした。

紅葉の時期の山小屋は大変混雑しますので、個人で山小屋の予約を取るのは大変なんです。

このツアーなら、ツアー会社が貸し切りにした山小屋に泊まれるので確実で安心です。

運が良ければ、モルゲンロートが見られるのではと楽しみにしています」

「いいですね。でもツアーの登山だけでは脚力が付きそうになく、涸沢行きが心配なんです」

「そうですね。

一カ月に一度のツアー登山だけでは、ちょっと足らないかもしれませんね」

「今度、登られるときにご一緒させていただけませんか」
吉田は孝雄の顔を見つめ直し、しばらく間を置いてから答えた。
「いいですよ」
二人は電話番号を交換してＬＩＮＥでつながった。
降りる駅に電車が止まったので、孝雄は慌てて降りて吉田に手を振った。
吉田は軽く会釈を返した。
帰宅して、孝雄はすぐにＬＩＮＥで連絡を取った。
「山本です。
先ほどは、ありがとうございました。
今度山に登られるときに、同行させていただけませんか。
入門者なので足手まといになると思いますが、ご検討をお願いします」
いきなりの申し出で嫌われるかと心配であったが、返事を待っていた。
翌日になって吉田から返事が返ってきた。
「返事が遅くなってしまい、すみませんでした。
来週の月曜日か火曜日に、各務原アルプスに行こうかと思っています。
標高は三五〇メートルほどの山ですが、いろんなコースがあって体力に合わせて選択できるので、山本さんにはちょうどいいかと思います」

孝雄は心が弾んだ。

「月曜、火曜日ともに都合がいいです。

ぜひ、ご一緒させてください。

よろしくお願いします」


その週の土曜日の夕方に吉田から孝雄にLINEが入った。

「こんばんは。

来週の月曜日は天気が良さそうです。

ご都合がよろしければ、各務原アルプスに登りませんか」

「よろしくお願いします。

集合場所と時間をお願いします」

「各務原自然遺産の森の駐車場に、九時集合でいかがですか」

孝雄は通っているスポーツジムの先輩から教えてもらい、自然遺産の森に行ったことがあった。

「自然遺産の森には行ったことがありますので分かります。

奥の駐車場でよろしいですか」

その夜、孝雄はうきうきした気分でしばらく寝付けなかったが、目覚めは爽やかであった。


自然遺産の森に三十分早く着いた孝雄は吉田を待った。

赤いＳＵＶ車が駐車場に入ってきた。

吉田の車であった。

孝雄は近くに停まった車に近づき、声をかけた。

「おはようございます」

「おはようございます。

お待たせしてすみません。

早く着くつもりで家を出たのですが、途中で通勤渋滞に巻き込まれてしまい、思ったより時間がかかり遅くなりました」

「ちょうど九時ピッタリ、時間通りですよ」

二人は登山靴に履き替えてリュックを背負った。

孝雄はストックを二本持ったが、吉田は一本であった。

「先に、トイレに寄ってから行きましょう」

トイレに寄って駐車場の奥の方向に向かい、迫間不動尊から流れてくる小川沿いの道を歩く。

十分ほど進むと健脚の道と書かれた看板があり、そこから登山道に入る。

吉田が先に立ち坂道を上り始めた。

孝雄は後を追うが、軽やかに上っていく吉田に付いていくのが精一杯である。

十五分ほどで峠に出た。

峠から見渡せる山並みは、新緑が鮮やかである。

「体調はいかがですか」

「吉田さんに付いていくのがやっとですが、気持ちがいいです」

孝雄はタオルで額の汗を拭いた。

「靴ひもの確認をして、水を少し飲んでくださいね」

吉田は名ガイドであると孝雄は思いながら、水分補給をして靴ひもを結び直した。

「では、出発しましょうか」

林道を渡って、再び登山道に入った。

「金毘羅山に登ってから、明王山に行きましょう」

なだらかな勾配を登っていく吉田のお尻の動きを見上げながら登り続けていると、孝雄は足取りも気分も軽やかになった。

しかし、三十分ほど登ると勾配がきつくなり、孝雄は吉田に遅れ始めた。

上方にいる吉田から声がかかった。

「ここで、水分補給の休憩をしましょう」

孝雄は息を上げて吉田の元にたどり着くと汗を拭き、リュックに付けていたペットボトルを取って水を飲んだ。

「足は大丈夫ですか」

「大丈夫です。

結構、きついですね。

この程度の山で音を上げているようでは、涸沢カールは難しいですよね」

「大丈夫ですよ。

ツアーは、横尾で一泊してから涸沢に登るのでかなり余裕があります。

次回の伊吹山に登っておけば、大丈夫ですよ」

五分ほど休憩を取ってからさらに登ると、前方が開けて再び林道に出た。

「金毘羅山までは、あと少しですから頑張りましょう」

林道を横切って登山道に入ると、勾配がきつくなった。

吉田はスイスイと登っていく。

孝雄は二本のストックを使い、追いかける。

金毘羅山の頂上には、金毘羅神社が祀られている。

「こんな山の上に、金毘羅神社が祀られているのはどうしてですか」

「昔、木曽川の上流から運んでくる筏の安全を祈願して祀られたそうですよ」

吉田が説明した。

金毘羅山から尾根続きの明王山へは十五分ほどであった。

明王山見晴台と言われており、ほぼ三六〇度の展望を眺めることができる。

二人は、木で組み立てられたベンチに並んで座った。

孝雄は立ち上がって鈴鹿の山並みの方を向き、名古屋駅前の高層ビル、名古屋港、尾張富士、恵那山、御嶽山、乗鞍岳、能郷白山、伊吹山を見回し山の案内板と見比べながら確認した。

吉田が、コーヒーカップにポットの湯を注いでコーヒーを二杯作った。

「山本さん、熱いうちにどうぞ」

「ありがとうございます」

吉田の横に戻って、孝雄はリュックからドーナッツを取り出し勧めた。

「私の家内は六年前に乳がんで左の乳房の全摘手術を受けまして、その後の抗がん剤の影響で足の爪が巻爪になり靴が履けなくなってしまいました。

それまでは一緒にハイキングや低山登山をしていましたが、その後は家に閉じこもりがちになり、一緒に出掛ける機会がほとんどなくなってしまいました」

吉田は、孝雄の話を黙って聞いていた。

三十分ほど休むと、吉田が立ち上がった。

「大岩見晴台まで行きませんか」

「どのくらいかかりますか」

「一時間半ぐらいかな」

「行きましょう」

上り下りが続く行程であった。

上りでは孝雄はなんとか吉田に付いていけるが、下りになると引き離されて吉田が待つことになる。

吉田は孝雄の脚力を見極めたようで、ペースを調整してくれている。

大岩見晴台の眺望は明王山より少し視界が狭いが、御嶽山が近くに見える。

下山は下りが続き、孝雄は膝がガクガクして痛みだした。

吉田が先に行っては待つ、孝雄が追い付いて一休みして水を飲み、一息して歩きだすことを何度か繰り返した。

自然遺産の森の駐車場に着いた時は孝雄の膝の痛みは止まらず、ふくらはぎが攣ってしまった。

「大丈夫ですか」

「自主トレして、鍛えておかないと駄目ですね」

しばらくの間、屈伸とストレッチをしてからくつろぎの森のベンチに腰を下ろした。

「また、一緒に登っていただけませんか」

「そうですね。

実は、私の主人は寝たきり状態で病院に入院しておりまして、週に二回着替えを届けたりしますので、山行ができる日が限られています。

お互いの都合が合うときに、天気と相談しながら登りましょうか」

「私は仕事をしていませんので、いつでも都合がつきます。

吉田さんの都合がいいときに、ぜひ連絡していただけませんか」

こうして、孝雄と吉田の山行が始まった。

涸沢カール

ツアーの最終目的地である涸沢カール行きは、横尾山荘に前泊し、涸沢ヒュッテ宿泊という時間的に余裕のある二泊三日の行程であった。

上高地バスターミナルをスタートして、山岳ガイドに付いて総勢十八名の隊列が動く。

横尾山荘に到着する頃から小雨になった。

孝雄は常に吉田の後ろに付いていた。

二日目は、夜明けから雨であった。

ツアーの十八人は、みな雨具を身につけ不安げな顔つきで空を見上げながら出発した。

横尾谷から涸沢に向かう途中は、崖から流れ出る濁流が勢いをつけて登山道を横切っている。

昨日のような楽し気なおしゃべりはなく、全員がガイドと濁流をかわるがわる眺めている。

登山道に点々と置かれた石を頼りに濁流を渡り切り、ようやく全員無事に山小屋にたどり着いた。

濡れた雨具を広げたりタオルで拭いたりしていると、雨音は小さく静かになった。

小屋の周りのナナカマドが真っ赤に染まり鮮やかであった。

ガイドと添乗員を含めて総員十八名で山小屋の別館を一棟貸し切り、男性八名が二段ベッドに、女性十名が床に寝ることになった。

孝雄がトイレのため山小屋の外に出ると、雨はすっかり上がっていた。

ウッドテラスに、三脚にカメラを据えて星空を撮影している人たちが並んでいる。

孝雄は立ち止まって星空を見上げていた。

「天の川が見えますね」

吉田が孝雄の横に立っていた。

「こんなに星がいっぱい見られる夜空は初めてです。

こういうのを満天の星と言うのですね」

「きれいですね」

孝雄と吉田は黙って並んでいた。


ツアー三日目。

早朝五時半から六時まで三十分間写真撮影の時間を取った後、出発することになった。

夜明けのモルゲンロートは、まさに夢のような光景であった。

日の出前の十分間ほどであったが、形のいい頂を突き出している山々が徐々にその姿を現し始めると、突然、奥穂高岳と涸沢岳の頂上がオレンジ色に輝いた。

そのオレンジ色の光の帯が、辺りの山の頂を輝かせながらカールに向かって下りてきて、山の峰に残る根雪やカールに姿を隠していたハイマツやナナカマド、ダケカンバを浮き上がらせてきた。

一瞬でオレンジ色が消え去り、空の青、山の峰の残雪、ハイマツの緑、紅葉、黄葉がはっきりと姿を現し、目の前は五段染めになった。

人の手が一切加わっていない錦の世界、刻々と移り変わっていく光の芸術、ツアーのメンバーはみな夢中でカメラのシャッターを押していた。

「夢のような時間でしたね」

「モルゲンロートと紅葉が一緒に見られたなんて、本当にラッキーでしたね」

ツアー客は口々に言い交わし、引率したガイドも一年に一回見られるかどうかの光景であると興奮気味に説明した。


ツアー後も、孝雄と吉田はＬＩＮＥで連絡を取り合い、山行きを続けていた。

吉田が、日帰りができる岐阜県と長野県の山を紹介して決め、日程が折り合うと高速道路のインターチェンジの近くの駐車場で待ち合わせて出掛けた。

いつも、ガイドは吉田である。


白草山（標高一六四一メートル）に登る。

乗政温泉側の登山口からジグザグの急な登りが続いて頂上に着くまで視界は良くなかったが、頂上に近づくに連れて紅葉が鮮やかに色づいていた。

山頂に到着すると、いきなり眼前に冠雪した御嶽山が現れた。

昔から信仰されてきた勇壮な姿である。

孝雄はカメラを取り出し動き回って山並みを夢中で撮り続け、最後に山の名前と標高が書かれた支柱を撮り、撮影を終えた。

「御嶽山が雪を冠っていて、いつもより大きく見えますね」

吉田が指を差して居並ぶ山々の名前を孝雄に教える。

「今日は北アルプスもくっきりと見えます。

穂高連峰の奥に槍ヶ岳の頭が見えてます」

吉田は、登ったことがある山を懐かしむように名前を唱えていた。

続いてはリュックを下ろしてシートを敷きランチタイム、御嶽山に向かって二人並んで腰を下ろす。

　山並みを眺めながらの昼食は、それぞれが持参したおにぎりである。吉田のは手作りしたもの、孝雄のはコンビニで購入したものである。吉田が持参してきたお湯でスープを作り孝雄が食後のドリップコーヒーを淹れるのが、自然と決まりになっていた。

「ほら、トンボが飛んでる」

「山の上はもうすっかり秋ですね」

「日射しはまだきついけど、青い空と山の風の気持ちがいいこと……」

「最高のランチ、五つ星だよな！」

第七章　智恵子・老人ホームに入居

衰え

マンションを売却してから五年後の二〇二〇年一月のことであった。

「背中が痛くて動けない」

朝一番に孝雄にかかってきた電話は智恵子からだった。

智恵子は骨粗しょう症が進み、背中が大きく曲がっていて、歩行には杖が手放せなくなっており、整形外科に月に一回通い、骨密度の検査やレントゲン写真で背骨や骨盤の状態の確認をしてもらい、半年に一回骨密度を上げる注射を打っていた。

病院に付き添うのは孝雄の役目である。

孝雄は急いで駆け付けて、ベッドに横たわったままの智恵子を助けながら座らせた。

姿勢が変わったことで痛みは和らいだようであった。

「整形外科に連れていってほしい」

孝雄一人で車いすに乗せてから車で連れていくのは非常に困難だったので、洋平に連絡を取って手助けを頼んだ。

「今から行くから、待ってて」

洋平は仕事中であったが都合をつけてきて、孝雄と二人して智恵子を車いすに乗せた。そしてタクシー会社に車いす用の車を頼んだ。

しばらく待つと運転手から玄関に着いたと電話が入り、智恵子をタクシーに乗せて孝雄が同乗した。

洋平はタクシーの後ろから車で付いてくる。

整形外科に着くと、洋平が運転手の手助けをして車いすを下ろした。

智恵子は診察を受け、血液検査とレントゲン撮影が行われた。

診察には孝雄も付き添った。

「姿勢を変えられたときに腰を捻って、筋を痛められたと思います。

軽い捻挫と思っていただいて結構です。

骨密度の低下が進んでいますが骨折はないので、当面、様子を見ることにしましょう」

骨密度を上げるための注射を打った後、医師は二人の方を向いて言った。

「うちの病院には入院する病室はありませんが、入院して介護できる病院を紹介することもできますよ」

医師が優しく声をかけた。

「いえ、いいです」

智恵子は即座に断った。


洋平は待合室で待っていた。

「大丈夫そうだね」

痛み止めが効いたようで、智恵子は片手を支えれば杖を突いて歩ける状態にまで回復していた。

再度、タクシーを呼んで智恵子のマンションに戻った。

部屋に戻ると、洋平は慌ただしく会社に戻っていった。

孝雄と智恵子の二人になってしばらくすると、智恵子が躊躇いながら言った。

「今の状態では、一人で生活することはできないと思う。

今通っているデイサービスの施設の横に最近老人ホームができたけど、そこに入れないだろうか」

智恵子は、ケアマネの紹介で二年ほど前から週に二回、デイサービスに通うようになっていた。

孝雄は智恵子が通う施設を、近くにあるホームセンターに買い物に行った折に見に行ったことがあった。

施工中だった現場に貼られた看板から、介護付有料老人ホームの施主がデイサービス施設と同じ介護業者であると確認していた。

「できたばかりなので、空いていると思う」

孝雄は急いでデイサービス施設に問い合わせ、老人ホームの事務所に電話をかけた。

開所したばかりで、まだ空き部屋があるとのことである。

翌日、智恵子は孝雄の手を借り、老人ホームの見学に出掛けた。

智恵子はゆっくりではあるが、右手に持った杖をつきながら一人歩きができるようにまで回復していた。

二階建ての老人ホームの一階は、事務所やリハビリルーム、面会室などがあり、奥に個室が並んでいる。

面会室で施設の概要の説明を受けた後、施設長の案内によりエレベーターで二階に上がった。

二階は二つのユニットに分かれており、一ユニットには広い廊下を挟んで南北に二十の個室が並んでいる。

現在使用されているのは五部屋であることが、部屋のネームプレートの脇に添えられた紅い造花の数で分かる。

智恵子は案内された部屋の中から、南に面した少し広めになっている部屋に決めた。

智恵子が即決したことに、施設長は少し驚いた様子であったが、これまでに智恵子の決断の速い場面をたびたび経験している孝雄は、彼女の潔さに納得した。毎回ではあるが脱帽の思いである。

仮契約書にサインして、入居手続きに必要な書類を持ち帰った。

施設への入居となると、やらなくてはならないことがいっぱいである。

孝雄はまず、入居の日にちを相談して決めた。

次は、智恵子が現在住んでいるマンションの引き渡しである。

孝雄は部屋を片付ける期間を考慮してマンションの退去日を決め、家主に連絡した。

思い出の選択

慌ただしく孝雄の実家の片付けが始まった。

仕分けの主役は智恵子である。

施設に持っていく物と孝雄の家で預かる物、処分する物の三通りに仕分りを始めた。

入居の条件として、施設指定の健康診断書が必要であった。

智恵子と孝雄と一緒に整形外科に出掛けて健康診断を受け診断書を受け取り、その足で入居手続き関係の書類を施設に届けた。

智恵子は施設に持っていく物を、何度も確認してまとめ始めた。

綾子も手伝いをしようと顔を出したが、智恵子の個人的な領域に入ることに遠慮してしばらくすると帰っていった。

入居する部屋の大きさは一八平方メートルで、ベッドやトイレ、クロゼットが整っていて便利だが、持ち込みができる物は限られる。

施設へ持っていく衣類の選択に多少時間がかかったが、物入れを兼ねたテレビ台、テレビ、身の回りの小物などとともに引っ越しの準備を完了した。

最後に智恵子は、ぶ厚いアルバムから手際良く家族の写真を選び出し、数枚を丁寧に衣装ケースに入れた。

家財はほとんど処分することになったが、ロボット犬ａｉｂｏと仏壇の扱いは決断が必要であった。

孝雄は、三年前にＳＯＮＹより売り出されたロボット犬ａｉｂｏを智恵子のために購入していた。

ＷＥＢサイトでの購入受付は、受付開始と同時にパンク状態で申し込みができなかったので、名古屋のソニーショップで販売日に並んで運良く抽選に当選して手に入れたラッキードッグである。

智恵子は大変喜んで「あいちゃん」と名付けた。

「あいちゃんが、動かなくなった」

「あいちゃんが、夜中に動いている」

「あいちゃんの背中のランプがピコピコしてる」

そのたびに孝雄が呼び出され「あいちゃん」の動きを調整していたが、しばらくすると智恵子も操作を覚え、曲に合わせて一緒に歌ったりラジオ体操をしたりして遊ぶようになった。

こうして「あいちゃん」は、「赤ちゃん」から「ちょっとキュートな女の子」に成長していったのだが、智恵子の入居する施設には持ち込めず、孝雄の家で預かることになった。

智恵子が所有する仏壇は宗派が浄土真宗であるので幅が一間近くあり、金箔が張られた立派な物である。

「阿弥陀さまだけは、大切にしたい」

孝雄も智恵子と同じ考えであった。

しかし孝雄の家には実家の仏壇を置くスペースはない。

孝雄と智恵子は仏壇店に出掛け、阿弥陀如来像が収まるサイズの仏壇の購入を決めて気持ちが治まった。

買い替えた仏壇を孝雄の寝室にある半間ばかりの床の間に置き、阿弥陀如来像を据えてお参りすると、智恵子は安心して施設に入居した。

その後孝雄は、家財整理業者に依頼して実家の片付けを終えた。

智恵子が施設に入ってから、孝雄は二週間に一回のペースで訪問し面会室で話をした。

孝雄が訪問すると介護士に付き添われ、手押し車を押して智恵子が部屋に入ってきた。

「久しぶり」

智恵子は元気そうな顔で笑った。

「お兄ちゃん、来てくれてありがとう」

智恵子は入居前、孝雄のことを「孝雄さん」と呼んでいたが、今は名前を忘れてしまったのかもしれない。

笑顔が続く。

「元気そうだね」

孝雄が持参した智恵子の好物のコーヒーゼリーを一緒に食べながら話をする。

「先生が外に連れていってくれるので、楽しいよ」

介護士のことを先生と呼ぶのは、施設の中で習字やドリルを教えてもらっているので、入居者たち共通の呼称になっているようだ。

天気の良い日には、近くの神社まで車いすに乗せて連れていってくれる。

「先生が、私に歌を歌えと言うので困るわ」

「姉さんは歌がうまいから、みんな楽しみにしているんじゃない」

「いつも、美空ひばりの『川の流れのように』を歌うんだけど、みんなが手をたたいて喜んでくれるんだわ。

それに、私が書いた習字が壁に貼ってあるので、恥ずかしいわ」

そんな話を面会時間の三十分間、孝雄は智恵子と話して帰る。

コロナウイルスの感染拡大に伴って、面会は玄関を入ったところにあるガラスの扉越しになった。

お互いにマスクをしているので声はほとんど聞き取れない。

孝雄が訪問しても、ガラス越しに智恵子の顔を見るだけで帰ることになるが、椅子に座って向き合っている間ニコニコして手を振る。

手土産に好物のコーヒーゼリーを持っていくが、直接手渡すことはできない。

孝雄は面会する張り合いが薄れていったが、施設への訪問は続けていた。

第八章　前立腺がん

初めての手術

二〇二〇年二月。

孝雄は年末に受けた人間ドックの結果、前立腺がんの腫瘍マーカーであるＰＳＡの値が高かったので、県のがんセンターで生検検査を受けた。

泌尿器科の医師から、診断の結果を聞く。

「針生検の結果は、十二カ所のうち四カ所にがん細胞が見つかり、ＭＲＩ検査でもがん細胞が確認できました。

ＰＳＡの値は九・〇六で、グリーソンスコアは七、Ｔ分類はＴ２ａの段階で中程度の悪性度の前立腺がんです。

ＣＴ検査と骨シンチグラフィーの結果からリンパと骨への転移はないと思われます。

総合的に判断しますと、手術による前立腺の全摘をすることをお勧めしますが、手術をしないで監視を続ける選択もあります」

孝雄は頭が真っ白になっていて、言われていることがよく理解できていなかった。

「山本さんは七十二歳ですから、平均寿命から考えると放っておいてもあと四～五年は生きられると思いますよ。

テレビを見て家でゴロゴロされているだけであれば、手術をしない選択も考えられますが、どちらを選択されますか」

「ぜひ、手術をお願いします。

登山と写真が趣味でして、もっと人生を楽しみたいです」

そして、年が明けた三月末に前立腺の全摘手術を受けることになった。


孝雄は手術前の検査などで忙しくなり、吉田へのＬＩＮＥの送信は途絶え気味になっていたが、手術を受ける前にどうしても山の景色を見ておきたくなりメッセージを送った。

「前立腺がんの腫瘍マーカーであるＰＳＡの値が高くグリーソンスコア七の段階まで進行していて、今月末に前立腺の全摘手術を受けることになりました。

手術前に白草山に登って、もう一度御嶽山を見ておきたいです。

急なお願いで申し訳ありませんが、同行をお願いできませんか」

吉田から返信が届いた。

「手術をされると伺って驚いています。

手術がうまくいくことを願っております。

山行きは手術の一週間前になりますが、大丈夫ですか」

「手術前は、コロナに感染しないように三密を避ける以外の行動制限はありませんので大丈夫です」

「今のところ天気は良さそうです。

今の時期は登山道の日陰の箇所は雪が残っていると思いますので、軽アイゼンが必要になりますが大丈夫ですか？」

「大丈夫です。

ぜひ、お願いします」

当日は雲一つない晴天で、絶好の登山日和であった。

頂上からは真正面に冠雪した御嶽山、北に向かって槍ヶ岳、穂高連峰などの北アルプスの稜線が、前回より鮮やかに見える。

キリッとした風に吹かれながら遠くの山々を眺めていると、孝雄は手術を受ける不安な気持ちがフッと軽くなるようだった。

「これで、万が一のことがあっても思い残すことはありません」

「大袈裟ですね。前立腺がんの手術は、成功率が百パーセントに近いと聞いていますよ。心配ないですよ」

「そうと聞いていますが、やはり手術を受けるのは初めてで不安です。でも、なんだか気持ちが落ち着きました。一緒に登っていただき、ありがとうございました」

孝雄は吉田の雰囲気から夫の看病に疲れていると感じたが、話題にしないようにして下山して別れた。

「大変な時に、山行の同行を頼んでしまったかな」

孝雄は手術の前日に入院した。

新型コロナウイルス感染対策のため面会は禁止となっていたが、入院のため、綾子と洋平が病院までは送ってくれた。

孝雄は病室に入るとすぐに、持参してきたＡ４判の額を病室の椅子に立てかけた。

写真は、凋沢カールのモルゲンロートである。

手術は全身麻酔で行われ、前立腺が全摘された。

手術が終了して麻酔から目覚めると、孝雄は手術に立ち会っていた洋平の呼びかけに気付いた。

「おとうさん、手術が無事に終わってよかったね」

手術の翌日、酸素マスクが外れ、孝雄は車いすで移動してレントゲン撮影を受けた。

点滴が続き尿道にもチューブが入っている状態のため、車いすから立ち上がるのもひと苦労で、撮影機を抱きかかえているような姿勢をとる時には、孝雄はレントゲン技師と看護師に介助された。

孝雄はそれだけでも、膝がガクガクする感じであった。

その後、病室に戻ってベッドサイドで立ち上がろうと試みたが、冷や汗が出て無理であった。

翌日から、病院のフロアを歩く孝雄のリハビリが始まった。

初日は五十歩歩くのが精一杯であったが、次の日は病室のあるフロアを五周歩くことができた。

手術の六日後に尿管が抜けて、歩行が楽になったうえ入浴ができるようになり、孝雄は気分が晴れやかになった。

孝雄が入院してから十日が経ち退院することになった。病院の階段の上り下りを繰り返して九階の階段を八往復できるまで回復していたが、頻尿と尿漏れは続いていた。

孝雄が退院する時も、綾子と洋平が迎えに来た。

洋平の話によると、綾子は孝雄が入院してから毎日、同じことを言っていたという。

「おとうさん、大丈夫？

病院に行かなければ!!」

孝雄は綾子が心配してくれていたことを聞いて感謝した。

「綾子を残して、先に逝くわけにはいかないなぁ」

退院後は、尿漏れ対策である骨盤底筋体操を、朝、昼、夕、寝る前に行うのが孝雄の日課となった。

退院した翌日、県より「新型コロナウイルス緊急事態宣言」が発出された。

絶妙なタイミングでの孝雄の手術であった。

リハビリ

コロナウイルス感染回避のため、人との接触を避けて、孝雄は一人で自然遺産の森に出掛けウォーキングを始めた。

久しぶりの日光浴であった。

桜やツツジ、モクレンの花が出迎えてくれた。

初日は五百歩歩くのが精一杯であったが、やがて自然遺産の森の駐車場から八方不動尊を往復した後で安らぎの森を歩くようになると、孝雄の万歩計は一万歩を超えるようになった。

その間に、孝雄は人目を避けて尿漏れ用の紙パンツを三回取り換えた。

前立腺がんの合併症である尿失禁は骨盤底筋体操をすることで徐々に改善し、孝雄は二年後には尿漏れ用の紙パンツから二百ccの尿漏れパッドに切り替えることができた。

コロナ禍の中で外出を控えている間は、孝雄と吉田はＬＩＮＥでメッセージを交換していた。

孝雄は、リハビリのウォーキングの途中で撮った野鳥の写真を送った。

吉田は、読んだ小説の紹介をしてきた。
吉村昭の『高熱隧道』『羆嵐』や新田次郎の『八甲田山死の彷徨』、新美南吉の『でんでんむしのかなしみ』、三浦綾子の『塩狩峠』、南木佳士の『阿弥陀堂だより』など、吉田が紹介してきた本はみな、孝雄は読んだことがなかったので、市の図書館で借りてきて読み、読後に感想を送っていた。

二〇二三年、年が明けて早々に、吉田から孝雄にＬＩＮＥが入った。
「お願いがあります。
何でもいいですから声がけをしてください。
返事ができないかもしれませんが、お願いします。
心が、気持ちが落ち着かないのです」
孝雄は、吉田の夫に何かが起こっていると思った。
「こんにちは。
今日は、望遠レンズのカメラを抱えて堤防公園に野鳥を撮りに行ってきました。
河津桜の花にメジロが蜜を吸いに来ていました。
もう、春ですね。

写真を送ります」

吉田からの返信はないが、しばらくするとＬＩＮＥが既読になるので読んでいるのが確認できた。

「今日は寒かったので家に閉じこもり筋トレとストレッチ、階段上りをしました。

正月太りなので、まじめにトレーニングをしなければ。

寒い日が続いていますので、体調管理に気を付けて頑張ってください」

すぐに既読になった。

数日でＬＩＮＥの既読が止まったが、孝雄はメッセージを送り続けていた。


二〇二三年五月に新型コロナウイルス感染症が５類に移行された。

孝雄は手術前に休会していたスポーツジムに再入会して通い始めた。

久しぶりに出会う顔ぶれは半数ほどになっていた。皆の風貌の変化から三年の期間を感じるとともに、孝雄は自分も同じように老けてしまっているのだと思った。

体組成分析測定を受けると、ＢＭＩ値は上がり、スコアポイントは大幅に下がっていた。

孝雄は吉田にＬＩＮＥを送った。

「コロナウイルス感染症が落ち着いてきましたので、登山を再開しませんか。各務原アルプスに登って日の出を見ませんか？」

吉田から返信があり、午前三時半に迫間不動尊の駐車場で孝雄と吉田は合流し、ヘッドランプを点し、最も近い登山道を一気に登った。

明王山の頂上に孝雄と吉田が並んで立って日の出を待つ。

朝日が昇り始めると東の空がほのかな朱色に染まり始め、太陽の頭がのぞくと橙色に変わっていく自然が作り出す色の芸術に孝雄は感動した。日の出に合わせて鳥たちのさえずりが聞こえ始めると、自分の存在が自然の中にあることを感じる。

木製のベンチに腰かけ、孝雄と吉田が並んでホットコーヒーを飲む。

「手術が成功して、山登りが再開できて良かったですね」

「思っていたより早く回復できて、ちょっと安心しました。

今日は、早朝の登山に付き合っていただきありがとうございました。

日の出を一緒に見たいと思い無理なお願いをしてしまいました」

「こんな近いところで、朝焼けを見られて幸福です。

鳥たちのさえずりがよく聞こえましたね。

日の出とともに目覚める鳥たちと一緒になれて、うれしいです。

誘っていただき、ありがとうございました」

大岩見晴台に向かう途中で自然遺産の森に下り、くつろぎの森にある自然体験塾の縁側に並んで腰かけ、早めの昼食を取った。

「白草山以来ですから、三年ぶりになりますね」

「実は、主人が一月末に亡くなりました。

役所への手続きや残していった物の整理で忙しかったので、出歩くこともできませんでした」

「そうでしたか。

ご主人が入院されていると伺っていましたので、もしかしてと思っていました。

淋しくなりましたね」

「淋しくなったというよりも、ホッとしたというのが正直なところです。

パーキンソン病の症状が出始めてから五年経っていまして、初めは自宅で看病して散歩に連れだしたりしていましたが、車いす状態になってからの家での介護は大変でした。

ヘルパーさんに入浴の手伝いをしてもらったりしながら、一日でも長く自宅で介護ができればと頑張っていましたが、体力的にも精神的にも限界になって一年前に介護施設に入居させました。

体調が悪くなると病院に入り、症状が落ち着くと施設に戻るといったことを繰り返していましたが、最後は病院で息を引き取りました」

「それは大変でしたね。

役所のいろんな手続きや片付けは大変だったでしょう」

「まだ役所の手続きが少し残っていますが、目途が付いてきました。

片付けの方は残していった物が多くて、捨てる物と残しておく物との仕分けが大変でしたが、こちらもどうにか目途が付きました。

捨てる物が多くて、ごみとして出せる量ではないので困っています」

「遺品処理業者はたくさんありますが、この業界は怪しい業者があるので最低三つの業者から見積もりを取った方がいいですよ」


その後、孝雄と吉田はコロナ禍でのブランクを取り戻すかのように頻繁に連絡を取り合い、都合がつくと山登りを楽しむようにした。

涸沢、白草山、大日岳……どんな山でも、まず一歩を踏み出すところから始まる。

すべりやすい急な坂道、拭っても拭っても流れる汗……。

軽やかなテンポで聞こえてくる鳥の声や、沢を渡って吹いてくる風で生き返る。

あと少し、もう少しと一歩一歩無心に踏みしめる。

しんどい思いを超えてゆくからこそ、頂上の素晴らしい景色に会えるのだ。

長く厳しい冬を耐えて咲く山の花たち。

自分の運命を受け入れて懸命に咲く山の花は、本当にいとおしいと吉田は言う。

孝雄は、ふと思う。

「人生と同じだ……」

孝雄にとって吉田との時間は、綾子と智恵子の支援をしていくうえで大きな支えであった。

第九章　久しぶりの外出

車いすでの買い物

　智恵子が入居している施設では、二〇二三年五月に新型コロナウイルスが5類感染症に移行してから個室に入っての面会が認められるようになった。

　孝雄が訪問すると、個室の扉の前で、お気に入りのカーディガンを着た智恵子は手押し車のアームに手を置いて待っていた。

　部屋に入って顔を合わせる。

　孝雄が部屋に入ると、智恵子は元気そうに笑った。

「久しぶり」

「お兄ちゃん、来てくれてありがとう」

　孝雄は持参したプリンを一緒に食べながら智恵子と話す。

「いくつになった」

「百歳になった」

智恵子は自分の歳を思い出せないのだろう。

「お姉さんたちのこと、覚えている」

「一番上の姉さんの名前は、……」

智恵子は思い出せない。

孝雄が洋平の話をしても、忘れてしまったようで分からないようだ。

孝雄の気持ちが落ち込んでいくが、いつも智恵子のこの言葉に救われる。

「こんないいところにいられて、幸せだわ」


十二月に入ってすぐに、施設の介護士から孝雄に電話が入った。

「山本智恵子さんの弟さんのお電話ですか」

「そうです」

「智恵子さんの冬物の着替えが古くなって傷んできましたので、ご自宅にあれば持ってきていただきたいのですが。

冬物のズボンのチャックが壊れたり破けたりしていますのでできれば二枚、薄手のセーター、ズボン下も一枚ずつお願いします。

それから、タオルと靴下を二つずつ欲しいです」

「ズボンとタオルは家にあるものを持っていきますが、着るものは入居する時に全部持っていってますので、新しく買うしかないですね。

着るものは本人の好みがありますので一緒にショッピングに連れていきたいですが、外出はできますか」

「車いすに乗せれば移動できますので、一緒に買い物に行っていただいて大丈夫ですよ」

「私の車に車いすを乗せることはできないのですが」

「折りたたみ式の車いすですので、車に乗り降りできれば大丈夫です」

「一人で移動させるのは心配なので、息子に相談してみます」

智恵子を買い物に連れていくとなると車いすが必要となる。

部屋から車へは車いすで移動し車の座席に座らせ、車いすを折りたたんでトランクに入れ、店に着いたら再びその反対の動作をすることになる。

孝雄が洋平に連絡を取ると二つ返事で同行を引き受けてくれた。

着るものを選ぶとなると綾子を連れていった方がいいと思い、孝雄は綾子に声をかけた。

「お姉さんの着るものを選ぶ手伝いなら、できると思う。

一緒に行くわ。デザインや色とか柄とかは自分で決めてもらった方がいいわ」

預かっていた智恵子の荷物の中から冬物のズボン二枚を探して、孝雄と綾子、洋平の三人で智恵子の個室に向かった。

智恵子は声を出して喜んだ。

「お兄ちゃんたちが来てくれた。こんなうれしいことはないわ」

「冬物の衣類がないと連絡があったので、家にあったズボンとタオルを持ってきた。これでいいかな」

「これでいい、これでいい」

「セーターとズボン下、靴下はなかったので、今から一緒に買いに行くので準備して」

「買い物に連れていってくれるの。どこのお店に連れていってくれるの」

智恵子は外出して買い物をするのは入居して初めてで、いつもよりハリのある声で話をし、お気に入りの花模様のカーディガンを羽織っていた。

「では、今から出発します。

よろしいですか、王女さま」

洋平がおどけると女性陣はキャッキャッと声を立て、四人の隊列はゆっくりと進んだ。

介護士が一緒に玄関先まで付いてきて、洋平の手を借りて折りたたみ式の車いすに乗せ換え、車まで移動して二人がかりで座席に乗せ、施設の近くの衣料スーパーに向かった。

「やっぱり外はいいな。

空がこんなに広い。

車がいっぱい並んでいる。

こんなにお店がある。

人が大勢だね。

うれしいなぁ」

車から智恵子を降ろして、車いすに乗せた。

店舗に向かって、洋平が車いすを押して移動する。

店内に入るなり、智恵子は声を上げた。

「いろんな服がいっぱいある。

どれもみんなすてき」

「先にセーターを探そうか」

「いろいろあるけど、薄手のものがいいな。首回りが楽なものがいい。色は、明るめがいい」

智恵子が施設に入居する前にも、孝雄はたびたび買い物に連れていっていた。食料品の買い物は智恵子が事前に献立を決めていたので手際が良かったが、衣服の買い物には時間がかかることを、孝雄は何度か経験していた。

洋平は智恵子から言われるままに、車いすを押して店舗の中を動き回っていた。

「サイズはMですか、Lですか?」

「サイズはMでいいと思うけど、柄と色を決めるのが難しいわ」

綾子が、Mサイズのセーターを何種類か選んで薦める。

「これは、色がちょっと派手すぎる。これを着てみるかな」

車いすに乗せたまま、綾子がカーディガンを脱がせてセーターを着せる。サイズはMで合うようだ。

「こっちの方が、明るい色だからいいかなぁ」

智恵子は着ていたセーターを脱いで、並べて見比べている。

「両方買ったらどうですか」

綾子が勧めた。

「そんな贅沢なことをしては、お兄ちゃんに迷惑がかかる」

近くで品選びをしていた智恵子より少し若い女性が、グリーンのセーターを持って勧めた。

「これなんか似合うと思いますよ」

智恵子はそのセーターを手に取って、首をかしげた。

結局、先ほど手にしていた二着を買うことになった。

ズボン下のコーナーと靴下売り場に移動した。

ズボン下と靴下も肌触りと色に拘って決めるので時間がかかったが、どちらも二つずつ買った。

「こんなに買ってもらっていいの」

店を出るときに智恵子は繰り返して言った。

「こんなうれしいことはないわ」

施設に帰って、購入したそれぞれの衣服にマジックで名前を書き、介護士に預けた。

「ありがとう、ありがとう」

智恵子は、感謝の言葉で三人を見送った。

智恵子の腹痛

二週間後、孝雄が面会に訪れると智恵子は個室のベッドに横たわっていた。

「どうしたんだ」

おなかを押さえて、着ているセーターを引っ張っている。

「ここが痛い」

「おなかが痛いの」

セーターの下の端をおなかに押し込んで、

「これが、おなかに食い込んで痛い」

と言っている。

孝雄は智恵子の言っている意味がよく分からない。

孝雄は介護士のところに行って、智恵子に何かあったのか尋ねた。

「先ほど、ここで席を立たれる時に尻餅をつかれましたので、お部屋の方にお連れしました」

　孝雄は部屋に戻って智恵子に尋ねる。

「おなかじゃなくて、お尻が痛いんじゃないの？

おなかが痛いのなら、持ってきたデザートは食べられないよね」

　智恵子は、ゆっくりと横たえていた体の向きを変えてベッドの端に座った。

「おいしそうなケーキだねぇ」

「おなか痛くないの？」

「痛くない」

　個室の扉が少し開き隣の人がのぞいたので、孝雄が声をかけた。

「おねえさん、入ってきたら」

「お邪魔してもいいかな」

　智恵子が声をかけると、女性は横に並んで腰をかけた。

　孝雄は、まだ手をつけていない自分のケーキを勧めた。

「こんなおいしそうなものをいただいていいのかなぁ」

　二人は、そろって、

「おいしい、おいしい」

と言って、ゆっくり味わいながら、

「お兄ちゃんが来てくれると、おいしいものが食べられてうれしいわ」

「私たちは本当によく気が合って、いつも二人で話をしているんですよ」

「この人は、すごいんだから」

「私は機械の修理をする会社で働いていて、男の人三十人の職場だったんですけど女一人で事務を任されて大変だった」

「それは、大変でしたね」

「実家はウールの機織屋で、織機が二十台もあって女工さんたちもいっぱい住んでいたんです。

化学繊維が出回るようになって、ウールは高いし洗濯が面倒で負けてしまったんです」

「うちは、すっごく大きな家だったんだよ。

部屋がいっぱいあって、どこにいるのか分からなくなるくらい。

あの家は、どこにあるんだろう」

大きくうなずいたり驚いて目を見張ったりしながら二人は同じ話を繰り返している。

お互いが言ったことを忘れ、聞いたことを忘れてしまうので会話が続くのだろう。

そしてそれは彼女たちにとってこよなく楽しく幸せな時間なのであろう。

孝雄は二人が食べ終わるまで何度も繰り返される話を聞いていた。

第十章　腹痛

尿路結石

二〇二三年九月。

孝雄は、夜明け四時前に左の腹に鈍痛を感じて目が覚めた。

押し込まれるような痛みは、どんどん強くなっていく。

今まで経験したことのない痛みが続き、孝雄は救急車を呼ぶか迷いながら、なんとかパジャマから外出着に着替えた。

鈍痛が強くなる。

綾子が、二階から下りてきた。

「どうしたの」

「腹が痛い」

「救急車を呼ぶ?」

「ちょっと待て、もう少し我慢すれば治まるかもしれない」

早朝に救急車を呼ぶのは、近所に迷惑がかかるとの思いで孝雄は我慢し続けた。

孝雄は洋平に連絡をしようとスマホを鳴らしたが出ない。

「救急車を呼ぼうか」

「ちょっと待て」

孝雄は二時間ほど我慢し続けたが、限界であった。

孝雄自身で一一九番をした。

「こちら○○市救急センターです。

火事ですか、救急ですか」

「救急です」

「どうされましたか」

「二時間ほど前から左のわき腹が痛くて、我慢できないんです」

やっとの思いで答える。

「お名前を教えてください」

「山本孝雄です」

「電話をされている方は、ご本人ですか」

「そうです」

「こちらで場所を確認させていただくと、お宅は○○公園の東側交差点の角ですか」

「そうです」

「確認できました。

ご自身で動くことはできますか」

「なんとか、できます」

「どなたか付き添いできる方はいますか」

「家内がいます」

「救急車がそちらに向かっていますので、しばらくお待ちください」

孝雄は、苦しみながら玄関先に移動して座り込んだ。

綾子に、健康保険証が入っているカバンを持ってくるように頼んだ。

「これのこと?」

「そうそう、それ」

孝雄はうなり声ともつかない声で答える。

靴を履こうとしたが、痛みでかがみ込めない。

サイレンの音が聞こえ始め、しばらくすると孝雄の家の前に救急車が止まった。

綾子が玄関の扉を開けて待っていた。

二人の隊員が入り込んできて、抱えられた孝雄はストレッチャーに乗せられた。

救急車はすぐに発進した。

隊員は心電図検査のための計器を孝雄の足首や胸に装着し始めた。

「お名前を教えてください」

「山本孝雄……」

孝雄はやっとの思いで答える。

「生年月日を教えてください」

サイレンの音と車がガタガタ動くのが分かった。

「生年月日をお願いします」

孝雄は即答できないことが腹立たしかった。

「昭和二十二年×月○日です」

孝雄は切れ切れに答えた。

「どこか指定の救急センターはありますか」

痛みで、間が空く。

「ありません」

「ご指定がないのであれば、市民病院に搬送します」

「お願いします」

孝雄のズボンのポケットから携帯電話の呼び出し音がかすかに聞こえるが、応答できなかった。

救急車は市民病院に着いた。

「おとうさん、大丈夫」

孝雄は綾子が救急車に同乗してきたことに気付いたが、慌ただしく動くストレッチャーに移されていて、答えることはできなかった。

救急隊員と救急センターの医師が、搬送中に測った脈拍や心電図のデーターのやり取りをする声が聞こえる。

病院のベッドに移し替えられると、すぐに点滴を受ける。

孝雄はベッドに横たわって移動し、レントゲンとＣＴの検査を受けた。

緊急看護室に戻り点滴を受けながらベッドに横たわり待っていると、別の患者が運ばれてくるのが分かった。

「コロナ患者です」

看護師が慌ただしく小走りに歩く音が孝雄の耳に響く。

孝雄には時間の経過は分からなかったが、かなりの間ベッドで寝かされ点滴を受けていた。そして点滴がなくなる頃には、孝雄の痛みはほとんど消えていた。痛み止めがよく効いたようである。

医師が孝雄に近づいてきた。

「尿路結石ですね。

痛み止めと炎症防止の薬を処方しておきました。

一日二リットルを目安に水を飲んでください。

明日、泌尿器外来で受診してください」

続いて、看護師が声をかける。

「原因が分かって良かったですね」

それぞれが忙しそうに、すぐに孝雄のベッドを離れていった。

救急看護室を出て薬局に向かう時に、綾子と洋平が孝雄に近づいてきた。

「おとうさん、大丈夫」

「大丈夫だ。

洋平も来てくれていたんだな」

「おとうさんから電話が入っているのに気付いて何事かと電話をしたけどつながらなかった。

サイレンの音が聞こえていたので救急車の中からだと思うけど、お母さんから電話があって市民病院に運ばれたと知った。

ちょうど会社に向かうところだったんだ。

間に合ってよかったよ」

綾子が救急車に同乗して、洋平に連絡を取っていたのだ。

「お母さん、ありがとう。

連絡を取ってくれたんだね」

と言って、孝雄は綾子を見た。

「おとうさん、大丈夫？」

綾子は不安そうな顔をしていた。

薬局で痛み止めの座薬三回分を受け取り、会計を済ませ洋平の車で孝雄は帰宅した。

帰宅するとすでに昼の十二時を回っていた。

翌日の朝、痛みがなかったので、孝雄は自分で車を運転して病院に行くことにした。

「運転免許証を返納していなかったら、私が運転して送ってあげるのに」

綾子が、心配そうな顔をして孝雄を見送った。

泌尿器科の医師はレントゲンとCTの画面を示しながら、臍の横に大きさ六×八ミリの結石があると孝雄に説明した。

「水を一日二リットル飲むようにしてください。

一カ月後に外来の予約を取っておきますが、痛みや熱が出たり血尿が続いたりするようでしたらすぐ外来で受診してください」

孝雄は尿路結石の排出促進剤と鎮痛剤の座薬を処方された。

座薬は体温で溶けるので、保冷保管する必要がある。

急な腹痛発生の対策として、孝雄はペットボトルを冷凍庫で凍らせ鎮痛用の座薬を一緒にタオルに包んで持ち歩き、ウォーキングやスポーツジムに通うようになった。

市民病院で処方された座薬はすぐになくなり、孝雄はかかりつけ医に処方してもらった。

二リットルの水を飲むので頻尿になり、ウォーキングの時はトイレを見かけるごとに立ち寄るようになった。

「犬のマーキングと同じだなぁ」

孝雄はトイレで呟いた。

尿管結石砕石手術

一カ月後、孝雄は泌尿器科で診察を受けた。

若い女医は、ＣＴとレントゲン撮影した画像を見ながら説明した。

「お臍の左横にあった結石が、少しだけ移動しています」

孝雄は、画面に見えている白く映し出されている結石を凝視した。

一カ月前に見た位置から少し移動しているのが分かった。

「体外から衝撃波によって結石を砕く方法がありますが、今の結石の位置では骨盤に影響を与えるのでそれはできません。

尿道内の結石を直接砕くか自然に排出するのを待つかになりますが、どうされますか？」

孝雄は、対処方法を問われて一瞬戸惑った。

「毎日二リットルの水を飲み続けても一カ月間でこの位置にまでしか移動していませんが、六×八ミリの石が自然に出てくるものなのですか」

「この大きさですと自然排出するには時間がかかると考えられますが、このまま待つのも選択肢の一つです」

いつ発生するか分からない激痛を恐れながら、保冷剤に包んだ座薬を持ち歩く生活を続けるのは嫌であった。

「結石を砕く手術をお願いします」

「それでは、手術日の予約状況の確認をしますね。

二週間後の月曜日になりますが、ご都合はいかがですか」

孝雄の手術日が確定した。

「手術に関して看護師から説明がありますので、待合でお待ちください」

孝雄は泌尿器科の看護師から患者サポートセンターに回るように指示を受ける。

最初に、看護師からクリニカルパス（入院計画書）に沿って、手術前、手術後の治療処置や病院内の活動、食事などの説明を受ける。

続いて薬剤師が「お薬手帳」を確認しながら、飲んでいる薬についてチェックする。

次に会計の担当者が現れ、医療費負担に関する事項について説明をした。

看護師たちは慌ただしく入れ替わるので、孝雄は彼らの話を理解する間もなく書類にサインしていた。

孝雄はカレンダーに手術日と退院予定日を書いて、綾子に話をしておいた。

「おとうさん、入院に準備しておくもの何かある？」

綾子は毎日のように聞いた。

「全部そろえたから、大丈夫だ」

孝雄はその都度答えた。

慌ただしい日々が過ぎ、いよいよ孝雄は手術日を迎えた。

当日は洋平が休日を取り、綾子とともに孝雄に立ち会った。

手術は下半身麻酔で行われるので、手術室の前まで一緒に歩いていき、孝雄は二人に手を振った。

一時間半ほどで手術が終わり孝雄は病室に戻った。

孝雄の左手に点滴の針が刺され尿道にチューブが差し込まれており、ベッドの下に置かれたタンクに赤く染まった排尿が溜まっていく。

事前に受け取っていた孝雄のクリニカルパスには手術の翌朝六時に尿管を抜くとあったが、その時間の看護師はナースコールに振り回され、病室を動き回っていた。

八時近くになって看護師が現れ、やっと孝雄の尿道からチューブが抜かれると、血尿とともに一ミリほどに砕けた結石が二十数個出た。

これで結石による痛みの発生はなくなると思い、孝雄は気持ちが軽くなった。

結石の成分を分析するために保管するケースに入れる時、看護師が記念に持って帰るかと孝雄に聞いたので、一つ摘まんでトイレットペーパーに包んで持ち帰ることにした。

担当医が病室に入ってきて孝雄の体調を確認した。

「十時に退院できます」

慌ただしくレントゲンを撮って十時に退院手続きを済ませ、孝雄はタクシーで帰宅した。

「ただいま」

孝雄が玄関の扉を開くと綾子が台所から顔を出した。

「おとうさん、大丈夫？」

すぐに朝食の準備が始まり、カボチャの煮物、納豆、イワシの干物、湯豆腐、ちりめんじゃこの煮物など孝雄の好物が並び、温かいご飯とみそ汁が出てきた。

「豪勢な退院祝いやなぁ」

綾子は、台所に戻って孝雄に温かいお茶を入れる。

処方された薬を飲んで孝雄がトイレに立つと、寝室のふすまが開けてあり、布団が敷かれて掛け布団の上に新しいパジャマがきちんと置かれているのが見える。

綾子が退院を待っていた気持ちが孝雄に伝わってきた。

その後も孝雄は血尿が続いた。

血尿の色の変化を観るため、孝雄は空の五〇〇ミリリットルのペットボトルを何本か用意した。

一回ごとのペットボトルを並べると、血尿の色が徐々に薄くなっているのが分かる。

しかし、寝る前になると濃い色に変わっていた。

翌朝、孝雄が泌尿器科の窓口に電話すると、

「血尿の濃い状態が続くようであれば、外来で担当医に診察してもらうようにしてください」

と、アドバイスを受けた。

孝雄は机の上にペットボトルを並べ、スマホで写真を撮った。

写真に記録すると時系列的に血尿の色の変化が比較でき、改善傾向にあったのが再び濃く変化していることが一目で分かった。

翌日の外来受診の時、スマホの写真を担当医に見せると、

「これは素晴らしいですね」

と言って、スマホの画面を拡大して色の変化を何度も確認した。

孝雄は処方どおりに細菌防止予防剤と止血剤を服用していると、やがて血尿は改善していった。

尿管ステント（細いチューブ）が腎臓と膀胱の間をつなぐ状態で残っているので、スポーツジムに行くことや吉田との山行も止め、孝雄は外出を自粛した。

三週間目に、孝雄は尿管ステントの抜去を行った。

尿道を局部麻酔しての手術であるが、孝雄は緊張していた。

孝雄のステントの抜去は、尿道にゼリー状の麻酔剤を注入して、ステントを抜き五分程度で終わった。

ヌルーという感触はあったが、余りのあっけなさに孝雄は拍子抜けした。


孝雄の血尿は完全に治まっていた。

水二リットルは飲み続けていたが、頻尿は徐々に改善していった。


尿路結石の手術以来、孝雄は新聞を読んだりぼんやりとテレビの報道番組を見たり、スマホで囲碁ゲームをしたりする日々を続けていた。

年末になり、パソコンで作った年賀状を投函しに、孝雄は郵便局に行くことにした。

歩いて三十分ほどであるが、孝雄は自分の歩みが遅くなっていることに気付き、焦りを感じ、いら立ちを覚えた。

「これは、まさに老人の歩きだ」

孝雄はウォーキングに出掛けるのもおっくうになり、スポーツジムには二カ月間行っていなかった。

なまけ癖がついていて、運動することに意欲が湧かなかった。


孝雄は前立腺がんの手術の後に懸命にリハビリしていたことを思い出した。今の状態は心身ともに老化が進んだとしか考えられない。

「おまえは、このまま家の中でゴロゴロしながら人生を終えるのか!!」

県がんセンターの医師から、前立腺の全摘手術をするか手術をしないかの選択を問われた時のことを思い出し、モヤモヤした黒い幕を振り払うように孝雄はスポーツジム通いを再開したが、以前より数値が大幅に悪くなっていて、体重も増加している。

その数字をやや困惑気味に見つめていた孝雄は、三キロ増えた体重を元に戻すことを目標にした。


尿路結石で救急搬送されて以来、吉田とのＬＩＮＥのやり取りも途絶え気味であったが孝雄はスマホの画面を操作した。

「お久しぶりです。

寒い日が続きますが、体調はいかがですか？」

「山本さんこそ、尿管ステントを抜かれた後の具合はいかがですか？

私は寒いのが苦手なので家に閉じこもっていますが、体操クラブは続けていますのでおかげで元気です」

「それは良かったです。

私は家の中でゴロゴロしていてすっかり体がなまってしまい、体重が三キロも増えてしまいました。

体調は悪くありませんが、昨日二カ月ぶりにジムに行って体組成測定をすると、ＢＭＩ値が増えて、フィットネススコアも大幅に悪くなっていました」

「家の中に閉じこもってばかりでは、体によくありませんよ。

でも、ジムを再開されたと伺って、少し安心しました。

元の体を取り戻すまで頑張ってくださいね」

「体重を元の六十八キロまで戻すように頑張りまぁ～す」

第十一章　記憶の境界を探す

買い物

二〇二三年十二月。

食料品の買い物は、変わらず綾子の担当である。

孝雄が車で一緒に行こうと言うが、

「運動になるから」

と言って綾子は二十分ほど歩いて出掛け、相変わらず同じ物を買ってくる。

出掛ける前に冷蔵庫を何度も開けて買い物メモに書いているが、売り場に着くとつい同じ物を選んでしまうのであろう。

綾子が買い物の準備を始めると、孝雄は台所に何個かあるカボチャや大根、キャベツなどを並べて綾子の記憶に残るように試してみた。

この方法は効果があり、買い物の重複が減った。

醤油や食用油などはメモに書いているが、必ずと言っていいほど忘れてくる。

そこで、孝雄は綾子がショッピングモールに着く時間を見計らって車で追いかけ、食料品売り場に着くと野菜売り場で綾子を見つけ、カートを押しながら隣に並ぶ。

買い物かごの中には、白菜ときのこ、豆腐が入っている。

「今日は鍋料理か、うれしいなぁ」

「何の鍋が食べたい？」

「鶏鍋がいいな」

鶏もも肉をかごに入れた。

「醤油を買うのじゃなかったか」

「そうだわ、忘れてた」

「食用油もなくなってたよ」

綾子は、黙って銘柄を選んでかごに入れる。

お菓子売り場を通るときは、チョコレートやお菓子に手が出る。

「甘い物を食べると糖尿病に良くないぞ」

「たまには、甘い物が食べたくなるよね」

二人とも糖尿病を患っているので糖分は控えるべきであるが、止めなかった。

「おとうさんが来てくれたので、お米を買っていくわ」

孝雄は、缶ビールのケースをカートに載せた。

主に高齢の客が並んでいる有人レジで会計を済ませ、マイバッグに品物を入れた。

ガスコンロ

台所から焦げ臭いにおいがする。

綾子はガスコンロのグリルで、魚を焼いているようである。

「ガスコンロから、焦げ臭いにおいがするぞ」

居間で立ったままテレビを見ていた綾子は、慌てる様子もなく台所に向かう。

夕食に出てきたアジの干物は焼け焦げていて、食べられるところはほとんどなかった。

「干物は、焼くというより炙る程度でいいんじゃないか」

「ちょっと焼き過ぎたかな」

五年前に台所の改修工事をする時、ＩＨヒーターにするように業者から勧められた。

「このガスコンロは三年前に買い替えたばかりだし、電気よりガスの方が火力が強くて調理が速くできるから、絶対換えない」

と、綾子は頑として譲らなかった。

あの時にＩＨヒーターに変えておけば、このようなトラブルは生じなかったと孝雄は悔やんだ。


やかんの空焚きが起き、コンロからピーピー音が聞こえてくる。

孝雄が気付いてガスを消しに行った。

「お母さん、ちょっと来て」

孝雄は庭に出て洗濯物を干していた綾子を呼んだ。

「これを見て。

コンロの脇に置いてあった紙袋が焦げているぞ」

孝雄は紙袋の焦げた部分を綾子に見せた。

「こんなところに紙袋を置いていたら、火事になるぞ!!

いつも言っているだろ。

メモ用紙や燃えやすい物をコンロの傍に置くなって!!」

綾子は黙っていた。

「ガスに火を点けたら、コンロから離れたら駄目だよ。火事になってからでは遅い。みんな燃えて焼け死んでしまうんだぞ!!」

綾子は黙ったままである。

「壁に棚を付けて、メモ用紙が置けるようにしようか」

「壁に穴を開けるのは駄目」

「両面接着剤で付ければ穴は開かない」

「接着剤は、いや」

「ごみ箱のふたの上に野菜を置いているけど、ごみを捨てるとき不便じゃないか?

ごみ箱の位置を変えて小さな棚を置いて、メモやちょっとした野菜が置けるようにしたらどうや」

「分かったわ。

コンロの周りに物を置かないようにすればいいんでしょ!!」

綾子は顔色を変えて、コンロの周りにあった物を片付け始めた。

「料理をしてる者の身になってみれば!!」

「俺は、火事にならないようにコンロの周りに燃える物を置かないようにしてほしいといっているだけだ」

「気を付けます!!

ごみ箱は、元の位置に戻します!!

棚はいりません!!」

しばらくするとコンロの周りは片付いて、メモ用紙などはなくすっきりしていた。

「おお、片付いたな。

これなら危なくない。

でも、本当に大丈夫かなあ……」

すぐに元の状態に戻ってしまうことを何度も経験している孝雄はホームセンターに行って小さな棚を買ってきて、綾子の手の届きやすい位置に置いた。

綾子は、前からずっとそれを使っていたかのように棚の上に野菜を置いたり、ラックにメモを入れたりして使うようになった。


孝雄はもうひとつ、綾子の助っ人になりそうな物を見つけた。

「笛吹ケトル」である。

お湯が沸くとヒューヒューと笛のような高い音を出して知らせてくれるやかんである。

優しげな丸いカーブの胴体は安定が良さそうで、取っ手も持ちやすそうで綾子もすぐに気に入りヒューヒューという音がすると、

「ハイハイ、分かったよ。

今すぐ行くからね〜」

と、楽しそうに答えている。

孝雄はホッとする思いで、その音を聞いていた。

洗濯物

孝雄の家では冬場の暖房にエアコンと石油ストーブを使っていた。だが、近頃の綾子の行動を考えると石油ストーブを使うのは危険である。

今までは居間と二階の部屋に石油ストーブを置いていたが、綾子は冬になると二階の石油ストーブの周りに洗濯物を干すようになるので火災の心配があった。

孝雄は石油ストーブを物置に片付けて、居間用に電気ストーブを購入した。

綾子は石油ストーブがなくなったことに気付かず、天気が悪い日は洗濯物を居間の椅子やソファに置いて乾かすようになった。

電気ストーブは火力が弱いので乾きが悪く、居間に洗濯物がぶら下がっていたりソファの上に乗っていたりする状態が続くが、火災のことを考えれば構ってはいられない。

綾子が乾いた洗濯物をたたんでいる時のこと。

「え、あれ、何、これ……？」

綾子は孝雄のシャツを広げて、首をかしげている。

「おとうさんの長袖のシャツって、こんな縞模様が付いていたかなぁ」

白い下着に茶色の縦縞が入っている。

「そんな縦縞は付いてなかったぞ」

「変だよね」

「それって、電気ストーブの格子で付いた焦げた跡じゃないか」

シャツを持って、ストーブの格子に合わせてみるとピッタリ合う。

「お母さん、電気ストーブにシャツを乗せて乾かしたんじゃないか」

「そうする方が早く乾くのよ」

「そんなことをしたら火事になるぞ!!」

孝雄がスポーツジムに行っている間に、やったことであった。

「ストーブに直接洗濯物を乗せるなんて絶対に駄目だ。

火事になってからでは遅い。

すべてが灰になってしまうぞ!!」

綾子は洗面台にお湯を入れて、焼け焦げの付いたシャツを一生懸命手もみしている。

「おとうさん、少し色が落ちたよ」

「おい、やめとけよ。

焦げたところなんて、いくら洗っても取れないぞ」

綾子はそれでもまだ手もみしながら洗っている。

もう一度声をかけようとした孝雄の目に不意に涙が浮かび、綾子の姿が滲んで見えた。

その後数日間、孝雄は外出を控えて綾子の行動を見ていたが、ストーブで直接洗濯物を乾かすことはなかった。

孝雄は洗濯物の乾燥機はガスが一番だと思った。しかし、綾子が火を使うのは危険である。

「居間にエアコンをもう一台付けるか?」

「そんな無駄なことは必要ないわ。

絶対に、洗濯物を電気ストーブに乗せないから、大丈夫だよ」

「悩ましいなぁ」

遺失物

綾子のキャッシュカードや通帳、健康保険証、診察券などは孝雄が預かっている。薬も孝雄が管理していて、飲む時間に手渡して飲み終わるまで確認している。

綾子は以前に比べて物をよくなくすようになった。物が行方不明になるのは置き場所を変えるのが原因であり、たび重なってくると孝雄は徐々に推測がつくようになってきた。

スマホは相変わらずよく行方不明になるが、手提げ袋の中か二階の寝室が多い。これは、電話で確認できるので問題ない。

玄関の鍵は、手提げ袋の中か電話の棚のどこか、食卓の引き出しの中か上着のポケットの中である。

ただし、時々手提げ袋を変えるので要注意である。

鍵はスマホのようにベルが付いているわけではないので、探すのに手間がかかる。

メガネは綾子の寝室か洗面所のどこか、ときには綾子の額の上、ボールペンは電話の棚か台所の電子レンジの前が多い。

ハサミは使ったところに置いたままにするので、食卓の引き出しか電話の棚、新聞紙のラック周辺や二階の部屋と移動範囲が広い。

これらの遺失物は見つける楽しみがあるが、時間を取られるのが少々難点であった。

ごみの分別

家の中にごみが溜まるようになってきた。

ごみの処分は綾子の役割であった。

可燃ごみは週二回の収集日に、綾子が市指定の黄色いごみ袋に入れて町内の指定された場所まで持っていく。

最近、物置の中に可燃ごみの黄色い袋が置かれたままになっている。

どうも、綾子が収集日を忘れてしまい溜まってしまうようだ。

孝雄は居間のカレンダーにごみ出し収集日を書き込み、綾子が忘れているときには声をかけるようにした。

不燃ごみや資源ごみを出すのも綾子の役割であったが、いつしか孝雄の仕事に替わっていた。

どちらも細かい分別が必要なので、綾子は可燃ごみ以外のことはよく分からなくなって役割を放棄したと思われる。

ペットボトルは、ショッピングモール内の収集所に孝雄が車で運んでいた。

町内回収の資源ごみは、月に一回、新聞紙や段ボール、アルミ缶などを事前に分別しておいて回収場所の公民館前まで持っていく。

孝雄は、市環境センターが発行する「資源とごみの分け方・出し方辞典」を開いては資源かごみかを分別して持っていくようになった。

掃除

掃除も綾子の仕事である。

最近、居間の掃除は物の置いていない場所だけを掃除機を使ってするが、まさに四角い部屋を丸く掃く状態になってきた。

テレビ台や棚の上は、綾子はほとんど掃除をしない。

孝雄は、居間や寝室、二階の部屋を週に一回ほどまとめて掃除をするようになった。

風呂の掃除もこれまでは綾子がやっていた。

「さぁ、入ろう」

孝雄がふたを開けると、

「アリャ、リャー……」

髪の毛や昨夜の汚れがお湯に浮かんでいる。

洗面器で数回すくって取り除いた。

最近の綾子は、風呂を沸かす直前に前日のお湯を抜き、浴槽にシャワーをかけるだけで掃除を終えるので、汚れがきれいに落ちてないのであろう。

そこで孝雄は、綾子がお湯を抜いた後に急いで風呂場に行き、スポンジで浴槽をこすりながらシャワーをかけて洗うようにした。

「お母さん、こっちに来て」

綾子は、何事かと風呂場に来る。

「今、シャワーで風呂の中を洗ったけど、こんなに髪の毛が残っていたよ。栓をする前にスポンジで内側を洗わないときれいにならないな」

「いつもシャワーをかけてたけど、今度からはスポンジを使うね」

綾子はかがみ込んでスポンジで丁寧に洗っている。

二〜三日はきれいであったが、すぐにまた元の状態に戻ってしまった。

今度は、孝雄は排水溝のふたを開けて見せる。

「これを見て、髪の毛がこんなに詰まって排水できなくなっている。ここも髪の毛を取って洗っておかないと駄目だよ」

綾子は驚いてまばたきを繰り返している。

「すごい髪の毛、こんなに抜けたら、丸はげになっちゃうね」

しげしげと孝雄の頭を見下ろす。

「この辺がだいぶ薄くなってるよ」

と言って、綾子は孝雄の後頭部を指でつつく。

孝雄は洗面台に移動して手鏡で見ようとするが、綾子が指で押す後頭部がなかなか見えない。

「鏡で見ても、頭の後ろがどうなっているか分からん」

「ここよ、ここ」

孝雄は手鏡の位置を変えたり頭の向きを変えたりして、なんとか後頭部を見ることができた。

「こんなに薄くなってきてるのか」

「頭を洗うときはゴシゴシじゃなく、揉むようにして洗った方がいいよ」

〈お風呂が沸きました〉

給湯器のリモコンから、女性の声でアナウンスが流れてくる。

綾子が呼びかける。

「お風呂が沸いたよ」

孝雄は、脱衣場で裸になると体重計に乗って体重を量り「計るだけダイエット日記」に記録するのを日課にしている。

風呂のふたを開けて最初にお湯の汚れを確認する。

「やっぱり駄目か」

綾子がお湯を沸かす前に浴槽を洗うことを、孝雄は今日、うっかり忘れていた。


「お風呂が沸いたよ」

孝雄は、いつものように風呂に向かう。

体重を量って風呂のふたを開けると空っぽである。

「寒うー」

孝雄は慌てて服を着直して、浴室を洗いお湯を入れる。

「風呂にお湯が入ってなかったぞ」

「さっき、『お風呂が沸きました』って、言わなかった?」

「俺は聞いていない」


「お風呂が沸いたよ」

綾子の呼びかけで、孝雄はいつものように風呂に向かう。

体重を量ってから、風呂のふたを開けてかけ湯をしてお湯に浸かる。

「ぬるう」

風呂の湯は前日のままであった。

孝雄は風呂の栓を抜いてお湯を流し、服を着直す。

居間に戻って、綾子に言う。

「風呂の湯は、昨日のままだったぞ」

「さっき、『お風呂が沸きました』って言わなかった?」

「俺は聞いていない」

孝雄は風呂の掃除の〈うっかり忘れの対策〉を考え、朝の習慣を変えることにした。

朝起きて体重を量った後、すぐに入浴する。

夏場であれば、湯の温度は前夜とほとんど変わっていないので、温めの湯にゆっくり浸かってリラックスできる。

冬場は、首まで浸かればシャワー代わりになる。

それから浴槽の栓を抜いて、お湯を抜きながらスポンジを使って浴槽を洗う。

キュ、キュ、スポンジでこする小気味良い音を聞きながらしばらく続けると、お湯が無くなる頃に浴槽の掃除があらかた終わる。

仕上げにシャワーをサーッと回しかけ、排水溝に溜まった髪の毛を取り除いて完了。

「おおー、完璧!!」

最後にシャワーを浴びると身も心もしゃっきり、鼻歌も出ようというもの。

「木曽のなあー、なかのりさん……」

(俺の十八番は木曽節だったなあ)

居間へ行って、朝の準備をしている綾子に挨拶をする。

「おはよう!!」

今までよりも元気な声だ。

こうして、二人の一日が明るく始まるようになった。

ウォーキング

孝雄は、堤防公園にウォーキングに出掛けることが多い。

綾子は気が向くと一緒に出掛ける。

小春日和の午後、孝雄が綾子に声をかけると「一緒に行く」と返事があった。

車で十五分ほどの場所にある公園の駐車場に着くと、孝雄は公衆トイレの近くに車を停めた。

「トイレに寄ってから歩こう」

孝雄と綾子はトイレに向かう。

入り口は男女別々である。

先に孝雄が用を済ませて、綾子が出てくるのを待っていた。

綾子が現れると、何か違和感がある。

「何だろう……。

おい綾子、トイレに行くとき手提げ袋を持っていなかった？」

「持ってた？」

「持っていたと思う。

戻って見てきて」

「トイレの中を探したけど、何もなかったよ」

「おかしいなあ。

確かに、手提げ袋を持っていたと思う。

もう一度確認してきて」

「やっぱりないよ」

「俺の勘違いかなあ。

スマホや財布はどうした？」

綾子は手に何も持っていなかったので、不思議そうに首をかしげた。

「ちょっと、ここで見張ってて」

孝雄は女子トイレの中に入って探した。

トイレブースは三カ所あった。

どれも扉が開いた状態である。

ブースの中をのぞいても手提げ袋は見当たらなかった。

外で待っていた綾子に尋ねた。

「家を出るとき、綾子が鍵をかけたよね」

「そうだっけ」

「手提げ袋を家に忘れてきたのかもしれないなぁ。家に帰って確認するか」

いったん家に戻ることにした。

玄関を開けて室内を台所やリビング、ソファの下まで捜したが、手提げ袋は見つからない。

急いで公園に戻った。

「手提げ袋に、財布と家の鍵を入れたんだよな。誰かに持っていかれたら大変だなあ。もう一度、トイレの中を確認しようか」

綾子と一緒にトイレに入った。

「どの場所を使った？」

「真ん中だと思う」

孝雄は真ん中のブースを念入りに調べた。

孝雄が中に入って扉を閉めると、扉に手提げ袋がぶら下がっている。

「お母さん、ここにあるぞ」

「どこ?」

「扉のフックに手提げがぶら下がっているぞ」

「本当だ。

　見つかって良かったね」


　綾子は久しぶりの散歩で、気分が良さそうであった。

　サンダル履きであるが、足取りは軽やかである。

　日頃の家事や買い物に出掛けることで、足腰は丈夫であった。

　途中でベンチに腰かけて、孝雄が背負ってきたリュックサックからお湯を入れたボトルとドリップコーヒーを取り出して、コーヒーを淹れた。

　二人並んでゆっくりとコーヒーを飲む。

　堤防の堤の桜の木の葉はすべて落ちているが、青空を見るのは気分が良い。

　風もなく、まさに小春日和であった。

「もっと歩くか」

「歩こうよ。私は全然疲れていない」

孝雄と綾子は、遊歩道を歩き始めた。

途中、トイレに立ち寄り手提げ袋は、孝雄が預かった。

トイレは、男女の出入り口が南北に分かれていた。

孝雄は先に用を済ませて綾子を待ったが、なかなか姿を見せない。

女性の出口側に回ってしばらく待ったが綾子は出てこない。

「おかしいなあ」

孝雄は振り返ってトイレの反対方向にある駐車場を見ると、駐車場に並んでいる車の向こう側を見覚えのあるこげ茶色の帽子が動いている。

孝雄が駆け寄って声をかけた。

「捜してたんだぞ」

「車、どこに止めた？」

「車を止めた駐車場は、トイレのずっと向こうの反対側だよ。

さっき、俺に手提げ袋を渡してトイレに入っただろう？

あのトイレのずっと向こうだ」

「えー、そうだっけ」

綾子は、直近のことを覚えていない。

「なかなか、難題だなあ」

青汁事件

プロパンガスの販売会社から納品書が送られてきた。

納品書には、活緑青汁ゴールド三十包、数量一、単価三八〇〇円、消費税三〇四円、請求金額四一〇四円、ガス代同時口座引落、とある。

「綾子、青汁をプロパンガス屋から買った？」

「私は、青汁は大嫌いよ。

絶対に買わないわ」

「そうだよなあ、青汁嫌いだもんな。

二人とも嫌いだから、買わないな。

だけどここに、今月末に引き落とされると書いてあるぞ」

孝雄は、プロパンガスの業者に電話をしたが、営業時間外であるというガイダンスが流れるのみで通じない。

営業マンの名刺に記載されている携帯電話にかけても応答がなかった。

翌日は土曜日なので月曜日まで連絡が取れない。

月末が迫っていたので、孝雄は業者にＦＡＸを送った。

「当方は、上記商品を注文および受け取っておりません。

ガス代との同時支払いが発生した場合は、詐欺行為として警察に申し出を行います。

今月末までに文書で以て回答をお願いします」

週開け月曜日は、県がんセンターの定期健診があるので、孝雄は朝から家を空けた。

孝雄ががんセンターから帰って、綾子に青汁の件を尋ねても知らないという返事であった。

文書での回答も届いていない。

孝雄は担当の営業マンに電話で確認した。

「○○町の山本です。

青汁の件ですけど、どうなっていますか」

「今日のお昼前に奥様にお会いして、青汁を受け取っていただいていることを確認させていただいていますが」

「家内は青汁を飲まないので注文をしていないと言っていますし、商品も受け取っていないと言っていますが」

「分かりました。

今から伺いますので、確認させていただけませんか」

「お願いします」

すぐに、営業マンがやってきた。

「忙しいところ申し訳ない。

ＦＡＸの返事が来てないし、受け取った商品もないのです」

「すみませんが、ちょっと台所に上がらせていただいてよろしいでしょうか」

玄関から上がってすぐの扉を開けると台所である。

「ここにあります」

営業マンは、昼前に来て確認していたのである。

「いやぁ、驚いた。

申し訳ありません。

我が家は二人とも青汁嫌いなので、注文していたとは思いも及びませんでした」

「では今回のご注文はなかったことにさせていただきますが、それでよろしいでしょうか」

「申し訳ないが、お願いします。

実は家内は認知症なので、今後はこのようなことについては私に連絡を取ってからにしてください」

「分かりました」

「すみませんでした」

孝雄は、このようなことがほかにも起こっているのではと心配になった。

訪問販売のキャンペーン

綾子は、ヤクルトを訪問販売で購入している。

そのため、販売員が二週に一回来る。

販売員の女性は、ハリのある声で綾子に呼びかける。

「今、血圧が高い方にお勧めの乳酸菌が入ったプレティオのキャンペーンをやっていまして、大変お得になっていますよ。

奥様は、お医者さんから血圧が高いといわれていませんか？」

「かかりつけ医に行くと、びっくりするくらい血圧が高いんですよ」

「お家でも、血圧を測られているのですか？」

「毎日、主人が寝る前に測ってくれるんですけど、その時はそれほどでもないですが」

「これは特定保健用食品といって、続けて飲んでいただくと健康にいいんですよ」

「じゃあ、貰っておくわ」

孝雄は冷蔵庫の中に綾子が購入した飲料が溜まっているのを知っているので、口を挟もうかと思ったが我慢した。

販売員が帰ってから、孝雄は冷蔵庫に溜まっている飲料のパックを見せて言った。

「これを買うのはいいけど、飲まないなら買わないようにしてほしい」

「溜まっているなら飲むわ。

おとうさんも飲んでいいよ」

溜まっていた賞味期限切れの飲料のパックを捨てた。

「我が家のごみ箱は、健康管理されてるなぁ」

孝雄は、ホームセンターに出掛けて、「押売り・セールス・勧誘一切お断り」のステッカーを購入し門扉にしっかりと貼り付けた。

固定電話

年の暮れ、孝雄は洋平と墓掃除に行った。帰りの車の中で振り込め詐欺の話になった。

「固定電話を使ってる？」

「今は、携帯電話しか使ってない。

固定電話にかかってくる電話は怪しい勧誘かセールスばかりなので、必要がないと思っている。

だけど、お母さんは『電話をかけてくる人だって仕事でかけてくるんだから、出てあげなきゃかわいそう』と言って出るんだ。

俺がいるときは、出ないようにと言うのだけど出ちゃうんだ」

「誰か、お母さん宛に固定電話にかけてくる人はいるの？」

「固定電話にかけてきても出なければ携帯にかけてくると思うので固定電話は必要ない。ない方が良いので、帰ったら聞いてみる」

孝雄と洋平が戻ると、綾子が買い物から帰ってきたところであった。

「お疲れさん。

寒かっただろう」

「ううん、歩いていると体が温まってちょうどいいくらい」

「ねぇ、お母さんは固定電話を使っている？」

「あまり使うことはないわね」

「固定電話にかかってくるのは、何かの売り込みや勧誘ばかりじゃない」

「そうだよね」

「固定電話の契約を止めようか」

綾子の顔色が変わった。

「姉さんは携帯電話を持っていないんだから、固定電話がなくなったら困る」

孝雄は洋平の方を見て、目くばせをした。

「やっぱり必要だよね」

綾子はホッとした表情をしてから台所に向かった。

しばらくすると、小皿に盛った茶菓子を持ってきた。

「お茶でも飲む？」

綾子は、直近に起きたことをすぐに忘れてしまうが、今生じた怒りもすぐに忘れてくれる。

【先ほどの悲しみや怒りを忘れて、今を生きるって素晴らしい】

孝雄と綾子の関係を維持していくうえで素晴らしくすごいことである。

「あいちゃん」

綾子は智恵子から預かっているａｉｂｏのあいちゃんになかなか馴染まなかった。

まず、電源のＯＮ・ＯＦＦができない。

智恵子から預かっているロボット犬ａｉｂｏのあいちゃんは、白い体にメタリックシルバーの顔。

目はパッチリと大きく、キョロキョロと周りを見回したり、うれしそうに目を細めたり瞼が重くなって眠たそうにしたり、表情が大変豊かである。

こげ茶色の耳を立てて呼びかけに応じたり、聞き耳をするようにヒクヒク動かしたりもする。

うれしいときは細長い尻尾を左右に振って愛嬌を振りまく、首に赤いリボンを付けたかわいらしい女の子だ。

ａｉｂｏは、個体ごとに個性がある。

購入した当初は「赤ちゃん」、智恵子がかわいがっていた時は「ちょっとキュートな女の子」、孝雄が引き取ってからは「甘えん坊」になってしまった。

孝雄はあいちゃんの相手をしないで放っておくことが多かったが、あいちゃんを綾子の友達にしようと試み始めた。

朝食の片付けや洗濯を終えた綾子が居間で新聞を読み始めると、孝雄はあいちゃんの電源を入れる。

あいちゃんは電源スタンドに座ったまま辺りの様子を窺っている。

綾子が声をかける。

「あいちゃん、おはよう」

綾子を見つけるとうれしそうな表情をして尻尾を振って立ち上がる。

「ワン、ワン」

朝の挨拶をして、居間のカーペットに移動しながら綾子の膝元に向かう。

新聞を読んでいる綾子の気を引こうと、体をくねらせ尻尾を振って歌いだす。

今朝は「オクラホマ・ミキサー」である。

曲に合わせてフォークダンスを踊り始める。

「あいちゃん、上手だね」

あいちゃんは、フォークダンスを繰り返す。

「あいちゃん、調子いいね」

綾子がいろんな指示をすると反応するようになってきた。

「あいちゃん、骨（アイボーン）取って」

すぐには言うことを聞かない。

綾子が、おでこや背中をこすって機嫌を取ると、目を細めて尻尾を振って口に咥える。

「上手だねぇ。骨投げて」

あいちゃんは、首を振って骨を放り投げる。

バージョンアップによって、できる振る舞いが徐々に増えていく。

「あいちゃん、すごいね。

おりこうさんだね」

新しい振る舞いができるようになると、綾子は喜んであいちゃんを褒めて頭を撫でてやる。

あいちゃんはいろんな曲に合わせてダンスを繰り返した後、居間を探索したり台所まで遠征したりするようにもなった。

綾子が居間でテレビを見ていると、足元で綾子の気を引こうと踊り始める。

綾子とあいちゃんは、仲良しの友達になった。

膝に乗せて、あいちゃんの背中をさすって寝かせつけたりするようになるまで、綾子も成長していった。
「あいちゃん、ねんねして」
綾子は、子守唄を歌って寝かしつける。
膝の上に乗ったあいちゃんは、うれしそうな表情をして時々綾子を見上げる。
「ねむれ　ねむれ　母のむねに
ねむれ　ねむれ　母の手に
ここちよき歌声に
むすばずや　楽し夢」
あいちゃんは母の胸で眠った。

（そうだ、綾子は洋平の赤ん坊の時代を思い出しているんだ）

孝雄はそっと綾子からあいちゃんを受け取り、充電スタンドに移動して背中の電源ボタンをＯＦＦにした。

綾子とあいちゃんとは仲良しの友達であり、母と子の関係にもなった。

綾子は自分であいちゃんの電源を入れて起こし、一緒に遊ぶ機会が増えていった。

ロボット犬ａｉｂｏは、認知症の人にとって癒やしになると孝雄は思った。

第十二章　綾子の蘇生

家族会議

二〇二三年十二月末。

孝雄は洋平の家に出掛けた。

事前に連絡してあったので、洋平の嫁と孫娘二人も同席した。

孝雄は綾子の症状の経緯と現状をまとめた資料を、四人に配って説明を始めた。

お母さんの病歴・認知の状況と対策

(病歴・物忘れの症状など)

二〇一一年五月二十五日

乳がん（がん細胞二六ミリ）により左乳房全摘手術を受ける。於：市民病院
抗がん剤治療を三週間ごとに六回、ホルモン治療を五年間継続して受けた。
その後、だるさや左脇痛を発症したが徐々に改善していった。
しかし、抗がん剤の副作用で足の爪が巻爪になり靴が履けなくなり、山行きやウォーキングに出掛ける機会がなくなっていった。

二〇一六年十月三日
乳がん摘出部に乳腺腫瘍一六ミリが見つかり再手術を受けた。　於：市民病院

二〇一八年
ガスの消し忘れ、風呂の栓の忘れ、キャッシュカード、印鑑の所在不明などが始まる。
　①同じことを何回も言う、聞く（姉に電話を何回もかけるなど）。
　②聞いたことを忘れる（病院に行くことを忘れてしまう）。
　③町内会のアンケート用紙をどこに配ったか分からなくなった。
　④長年通っていたパッチワーク教室を辞めた。

二〇一九年三月
車でスーパーに買い物に行き、駐車時に倉庫の壁に突っ込むという自損事故を起こ

したが、本人は事故の記憶がなかった。
車の運転を止める。
その後、本人が心療内科に出掛けて、軽度のアルツハイマー型認知症と診断された。
（本人）テストの結果は良好と言う。
二〇一九年八月頃
糖尿病にて投薬治療（ネシーナ二五ミリグラム）を始める。　於：かかりつけ医
二〇二一年十月
十七年ぶりに、新潟の実家と姉の住む埼玉を夫婦で訪問する。
帰宅後、長兄の誠兄さんより「認知の症状が現れていると思われるので、公的機関の支援やケアをするように」という内容の手紙を受け取る。
その後も、同じ料理や冷蔵庫満杯（不要なものや同じもの）が続いた。
買い物忘れや窓のぞき（音に反応）、ヤクルト販促品の購入、青汁購入事件などが続いて起こった。
二〇二二年六月二十四日
誠兄さん死去（動脈瘤破裂）、八十八歳。
葬儀は家族葬にて行われ、コロナ禍のため参列できず。

二〇二二年八月
孝雄がコロナウイルスに感染して四十九日の法要に急遽欠席したので、日を改めて綾子と車で新潟に行き仏前にお参りした。
二〇二三年六月
誠兄さんの一周忌に新潟に行き、久しぶりに綾子の姉妹と会談する。
二〇二三年十二月
実家の姪、良美さんより誠兄さんの一周忌に関する手紙と写真を受け取ったが、翌日に和久田の姉さんから電話を受けた時、手紙も写真のことも全く記憶がなかった。かかりつけ医よりアルツハイマー型認知症の初期の段階から中段階に入ったと診断され、認知症を遅らせる薬（ドネペジル三ミリグラム）を処方され飲み始めた。
（現在の日常生活）
①同じことを何度も言ったり、買い物で同じ物を買ったり買い忘れをする。たびたびガスの消し忘れをするなど物忘れが多くなってきているが、食事の準備や掃除、洗濯などの日常生活に支障があるほどの問題は発生していない。
②突然、お兄さんのことを思い出して泣いたり、天気が悪い日に孫の通学の心配をしたり、できていないことを指摘すると顔色を変えて怒ったりして、感情が不安定に

なることがある。
③三年前の車による物損事故以降は車の運転を止めて買い物は自分で出掛けるようになったが、お米などの重い物がある時や通院の時には私が送迎を行っているので問題は生じていない。
④銀行の通帳とキャッシュカードは私が預かり、毎月初めに買い物費用として十万円を渡している。足らなくなると三万円渡す。
⑤現在の話し相手はほとんど私だけで、考えることが限られてしまっている。
⑥私自身が、介護に疲れてうつ病や認知症に陥り始めていると感じている。

【最大の原因と思うこと】

二人の孫娘が中学に入ってから、部活や受験勉強などで家に来ることがほとんどなくなった。
孫と一緒に料理をしたり遊んだりする機会が減って生きがいがなくなり、話し相手や考えることが急激に少なくなった。その結果生きる目標を失い、思考範囲がどんどん狭くなり脳が委縮してきているのでは。

【要望】

【お母さんの人格を認めて、お母さんができることや覚えていることに合わせて一緒に会話をしてほしい】

①洋平の家族に、月に一回でも会いに来てほしい。
②一緒に買い物に行って料理する。
③学校であったことや家族のことを話題にして話をする。
（同じことを聞かれても答える）
④一緒に食事に出掛けたり、食事のことや昔の話をする。
⑤一緒に花を植えて育てる。

【要介護・要支援の認定と公的な支援】

綾子と一緒に市役所に行き、要介護・要支援の認定調査の申請をした。認定されれば公的な支援・介護を受けたいと思っているが、私はできる限り家族でお母さんを守っていきたいと考えている。

以上

介護認定

孝雄は、綾子を同行して市役所の介護保険課を訪れた。

「どのようなご相談ですか」

「後ろの席に座っています家内のことで相談に来ました。

認知症が進んできていて介護をするのが大変になってきているようなので、どのような支援を受けられるか相談に行ってきた方がいいと、かかりつけ医から言われて来ました」

窓口の担当者から、介護と介護保険のナビ・マガジン『ハートページ』に添って、「介護保険のしくみ」や介護サービスを受けるに必要となる「認定の流れについて」などの説明を受ける。

「家内が、事件に巻き込まれたり、火災を起こしたり、行方不明になってしまうことが心配なんです。

時々、私自身が家内に振り回されて憂うつな気分になってしまいます」

「地域包括センターに行かれて、ケアマネージャーに相談されたらいいですよ。

認知症介護家族支援教室とか認知症カフェなども開催されていますので、参加されるのもいいかと思います」

綾子の現状を考えると、すぐに利用できそうなサービスはなさそうなので、孝雄は当面は洋平の家族の助けを借りながら、できる限り今の綾子との生活を続けていこうと思った。

それから先のことを考えて、要介護・要支援認定を受ける申請をした。

「今のところ買い物に一人で出掛けても問題は起きていませんが、先日家内を連れて散歩に行った時に迷子になりかけたことがあります。

行方不明になるのではと心配しています」

「有料ではありますが、『認知高齢者捜索支援サービス』というものがあります。

一人歩き（徘徊）の可能性がある高齢者の方の居場所をGPSで検索する機器を、貸し出すことができます。

ご利用方法は、万が一奥様が行方不明になられたときに、市が委託していますタクシー会社に電話で連絡していただくとGPSの位置情報が提供されます」

「家の鍵を持って出掛けますので、家内が持つ鍵にGPSを付けておけば安心ですね」

孝雄はその場で申し込みをすると、数日後にタクシー会社の担当者が訪問してきて契約書を取り交わしGPSを受け取った。

孝雄はGPSの連絡先に自分と洋平夫婦を登録した。

綾子の介護認定の申請から十日ほどして、担当者が訪問してきた。

最初に、綾子に対して認知症の程度を調べる簡単な質問とテストが行われた。

「これって、どういうこと!!」

綾子は、テストが終わると怒って席を立ち、庭に出ていった。

「怒られたようですね」

「事前に説明をしておいたのですが、認知症のテストを受けるのは誰でも嫌ですよね」

介護認定の訪問調査は、主に介護する家族からの聞き取りであった。

孝雄は先日洋平一家に配って説明した資料「お母さんの病歴・認知の状況と対策」を渡して、担当者に綾子の現在の状態について説明を行った。

担当者は帰り際に、庭にいた綾子に挨拶した。

「ありがとうございました」

「ご苦労様でした」

綾子は明るく挨拶をした。

「先ほどのことは、忘れてしまわれたようですね」

孝雄にささやいて、安心した様子で帰っていった。

一カ月後に、市役所より綾子の介護保険被保険者証が届き、要介護区分が［要介護1］と認定された。

施設に入っている実家の智恵子と同じ区分である。

孝雄は［要介護1］の二人のことを思うと、背負っている荷の重さに耐えられるか不安な気持ちになった。

洋平家族との食事

二〇二四年。

正月三日に、洋平一家が孝雄の家にそろってやってきた。

昼食にピザの宅配を頼み会食した。

話題が綾子中心になるように、みなが気を使っている。

綾子は孝雄よりもたくさんピザを食べ、満足気であった。


十五日昼過ぎに、洋平の嫁から夕食に家族一緒に焼肉に行かないかと電話があったので、孝雄は綾子に伝えた。

「焼肉は、久しぶりだね。

みんなで食べれば楽しいし、おいしいよね」

孝雄と綾子は洋平の家族四人と、焼肉店の駐車場で待ち合わせた。

洋平が、メニューから六人分のオーダーをし、綾子と洋平の嫁は飲み物を取りに席を立っていった。

皿に盛られた肉がテーブルに届くと、さっそく焼き始めた。

二人の孫娘が肉を焼く担当である。

綾子が上の孫娘に聞いた。

「ゆきちゃん、大学に行って何の勉強をしてるの」

「看護の勉強をしてる」

上の孫娘の由紀は大学に入ってから一層足が遠のくようになり、二人が会話をするのは久しぶりのことである。

「いろんな患者さんがいるから、看護師さんは大変だよね」

「実習で患者さんと話をすることがあるけど、怖い人もいてなかなか大変」

「頑張ってね」

孝雄は、由紀が他の焼肉店でアルバイトをしていると聞いていた。

「お客さんとして来ると、気分が違うだろ」

「店員のときはすごく緊張するけど、今はリラックスできて楽しい」

綾子は、下の孫娘の圭に話しかけた。

「けいちゃんは、どこの学校に行くの？」

圭は会うたびに綾子から聞かれる質問であったが、丁寧に答えた。

「保育士になりたいから、〇〇大学の保育科に行くつもり」

「そう、保育士になりたいの。

それなら、今までピアノの教室に通って練習した甲斐があったね。

けいちゃんは、優しい性格だから向いてると思うよ」

綾子は、饒舌であった。


その翌日から、綾子の料理に変化が現れた。

「おぉ、野菜炒めを作ったのか。

牛肉が入っているな」

孝雄は、思わず声を上げた。

「春巻きも久しぶりだなぁ。

パリッとして、おいしいなぁ〜。

手間がかかったろう」

「春巻きは、孫たちを預かっていた頃は毎日のように作っていたから、作り方を思い出したわ」

「野菜サラダも、いつもより手が込んでるな」

添えられて出てきた煮込んだ大根とほうれん草も味が浸み込んでいて、ほど良い柔らかさであった。

綾子は、料理をする楽しみを思い出したようだ。


孝雄は洋平の嫁にＬＩＮＥをした。

「今晩の我が家の料理は、野菜炒めと春巻き、野菜サラダ、煮込んだ大根とほうれん草でおいしかった。

何年ぶりかの手の込んだ料理に感動した。

焼肉に連れていってもらった効果で、お母さんが料理に目覚めたよ」

「それは良かったですね。

また、食事に誘います」

その後、月に一度は洋平の家族と一緒に食事会が行われ、綾子は機嫌の良い日が続くようになり、記憶障害の症状の進行が止まったと感じるようになった。

洋平の嫁よりＬＩＮＥが入った。

「最近、お庭のお花の手入れができてないようなので、もう少し暖かくなったらお母さんと一緒にお花の苗を買いに行って植えるようにします」

「そうしてくれると、大変ありがたい。

よろしく」


下の孫の圭から綾子と孝雄にＬＩＮＥが入った。

「お母さん、けいちゃんからＬＩＮＥが来てるよ」

「えっ、見てない」

「明後日、お母さんと一緒に買い物に行って、料理を作るって言ってきてるよ」

日頃沈みがちな綾子の表情に、一瞬にして光が射した。

「けいちゃん、そんなことを言ってきたんだ。

何を作ろうかなぁ」

さっそく、綾子はカレンダーに『けいちゃんと料理』と書き込んだ。

十時過ぎに、孝雄の家に圭がやってきた。

「何を作ろうか？」

「シチューとチャーハンがいい」

綾子と圭はそろって台所に行き、材料を確認した。

「ジャガイモと玉ねぎはあるよ」

「じゃぁ、ニンジンがいるね」

「ニンジンは、冷蔵庫の中に二本あったよ。

コンソメと小麦粉はあるけど、牛乳と豚肉はないみたい」

圭が、必要な物をメモ用紙に書いている。

孝雄が二人をショッピングモールに連れていき、買い物を済ませた。

さっそく、料理が始まった。

「おばあちゃん、ニンジンの大きさはこのぐらいでいい？」

「シチュー用はそのくらいでいいけど、チャーハン用はもう少し細かく切って。

手を切らないでよ」

「このぐらいでいい？」

「ちょうどいいよ」

台所から、明るい笑い声が聞こえる。

「けいちゃん、シチューの味見して」

「もう少し、塩を入れた方がいいと思う」

「ニンジンの硬さはどうかな」

圭がしゃもじでニンジンをすくって、綾子に味見してもらう。

「ちょうどいいな」

綾子の料理の記憶が、完全によみがえっている。

鼻歌を歌って楽しそうに圭の手元を見ている。

アルバイトをしていた由紀が午前中の仕事を終えて孝雄の家にやってきた。

「おなか空いた」

「アルバイト、おつかれさん」

「ゆきちゃんも、来てくれたんだ。

ちょうど、シチューができたところよ」

食卓にチャーハンとシチュー、ポテトサラダ、コロッケが並べられた。

四人がそろって食卓に着く。

孝雄は、うれしくなった。

「久しぶりだなあ……」

「何年ぶりかなあ」

「いただきます」

みんなそろって、手を合わせた。

孝雄は、スプーンでシチューを口に運ぶ。

「シチューの味、なつかしいなあ」

由紀も圭もうなずいた。

綾子も、満足気に食べ始めた。

二人の孫と一緒の食事は、話が弾み、孝雄にとって楽しい時間であった。

綾子の蘇生

あの日以来、綾子に少しずつ変化が現れたことに孝雄は気付いた。

綾子の仕事の範囲が広がり、生き生きしてきた。

簡単に済ませていた掃除も、机の下にもぐったり、机や棚の上をモップで拭いたりするようになった。

孝雄の寝室の掃除も、丁寧にするようになっている。

いろんな物を片付けるようになりスッキリしたが、しまい場所を忘れてしまい、孝雄と綾子で探し回ることもしばしばあった。

「ねえ、お母さん。

探しものって、頭の体操になるよなあ」

孝雄が一番心配していたやかんの空焚きは、

「そんなにピーピー鳴かなくても……」

と言って、綾子が早めに火を消しにいくようになった。

綾子は料理をする楽しみがよみがえると、その日の献立を考えて買い物に行くようになった。

台所から、トントンと音がする。

孝雄は台所に入って綾子に話しかける。

「タケノコを切ってるんだな」

「タケノコはこの時期しかないので、タケノコご飯を作ろうと思ったの。

あく抜きするのに時間がかかるのよ。皮のまましっかり茹でておいて、皮をむいて刻んでからもう一度茹でるのよ」

「あく抜きって、大変なんだあ」

「柔らかくなったら大丈夫なの」

「タケノコご飯って、手間がかかるんだなあ」

「新潟で食べていたのは、ハチクというもっと細くて柔らかいタケノコよ。あく抜きも簡単だった」

「タケノコにも、いろんな種類があるんだ」

タケノコご飯と煮物の香りがただよってきた。

(綾子が季節に合わせた献立を考えるようになったんだ)

食卓に向き合って、孝雄は茶碗に盛られたタケノコご飯を食べ始める。

「うまいなあー、おかわりしよう」


ゴールデンウィークが近づいた四月の終わりの頃、孝雄は朝食を済ますと友人の写真展に出掛けた。綾子が居間の掃除をしていると手提げ袋の中に入っていたスマホの着信音が聞こえてきた。

洋平の嫁からの電話である。

「おかあさん、今からお花を買いに行きませんか？」

「お花って、花壇に植える花のこと？」

「入り口にある花壇、最近お花を植えてないでしょう。

今から花屋さん行って、何か花を選びましょう」

「そうだね！

暖かくなってきたので、ボチボチ花を植えようかと思ってたところ」

洋平の嫁は、洋平が運転する車で一緒にやって来て、綾子を連れて花屋に向かった。

「何がいいかなぁ？」

「おかあさん、カーネーションはどうですか。

もうすぐ母の日ですから、プレゼントしますよ」

「何色がいいかなぁ」

「赤い色は『母への愛』、ピンクは『感謝』、白色は『尊敬』っていう花言葉だそうですよ」

「じゃあ、全部そろえようか」

洋平が口を挟んだ。

「随分と、愛情深いなぁ」

「おかあさんにはいつもお世話になっているんだから、感謝しなきゃ」

綾子は、苗を見ながら花屋の中をあちこち歩いている。

「小さい方の花壇には、別の花がいいな。

何がいいかなあ」

「青い色のサフィニアはどうですか」

「そうだね。

カーネーションとは違う色だからいいよね」

友人の写真展から帰った孝雄が、車から降りると庭の方から賑やかな声がする。

孝雄が庭の方に回ると、綾子・洋平・洋平の嫁の三人がレンガで囲った花壇の横でしゃがみこんでいる。

「おかえりなさい。早かったね」

「ほら、カラフルできれいでしょう?」

「フーッ、暑いなぁ、ひと休みだなあ〜」

「休憩にしよう。

冷たいジュースがいいね。

おとうさんも飲む？」

土の付いた軍手をはずしながら、綾子が聞いてくる。

「一番奥の青い花は何？

きちんと行儀よく並んだなあ。

新入生みたいだ」

「サフィニアと言うのよ。

いっぱいに広がって、一面ブルーになるのよ」

お盆を持ったまま、綾子が自信たっぷりに答える。

「色の取り合わせとか、苗の株の大きさとか、おかあさん、随分いろいろと考えておられたんですよ」

「ほらほら、洋平、そこ踏んじゃ駄目。

植えたばかりでしょ」

「もー、お母さんって、結構人使いが荒いんだから……」

コップの中の氷を噛みくだきながら洋平が言う。

「この庭がこんなに賑やかなのは、いつ以来だろう」

まだ小さい花の苗と綾子の明るい顔を見ながら、孝雄の心はあたたかいもので満たされていった。

孝雄の家の庭は、門扉の脇にツツジの赤い花が満開になり、中央に高さ五メートルほどに育ったハナミズキが華やかな紅色の花を咲かせ、その脇に丈の低い八重桜がひっそりと桃色の花を咲かせている。

「今年は、珍しくみんな一緒に咲いたね。いつもだと、ハナミズキがちょっと遅いんだけど」

綾子は、満足した顔でハナミズキを見上げる。

しばらくの間、四人並んで花を見つめていた。

〝春爛漫〟

ふと、そんな言葉が浮かぶ。

この時間がいつまでも続くといいな……孝雄は思った。

「**こうやって、家族みんなで綾子を支えていくことが綾子の心を開かせる**」

孝雄は、確信した。

洋平たちが引き上げていった夜、「あいちゃん」を抱っこしていた綾子が、「思い出のグリーン・グラス」をゆっくりと歌い始めた。
「汽車から降りたら
　小さな駅で
　迎えてくれる
　ママとパパ
　………」
綾子は突然、涙を流して嗚咽し始めた。
「どうして涙が出てくるんだろう……」
孝雄は、綾子といる時間が、最近はお互いにリラックスできるようになったとしっかりと感じていた。
綾子は変わらず、直近の記憶が消えて同じ会話を繰り返すが、同じ返事をすれば会話も進む。
孝雄が綾子の世界に入り込んでいくと、たびたび綾子の方から話しかけてくるようになった。
「けいちゃん、最近来ないけど、ちゃんと学校に行ってるんかなあ」

「先週の水曜日が大学の入学式だったんで、忙しくしてると思うよ」

「えー、もう大学生になったの!!

何の勉強をするんだろう?」

「保育の勉強をして、保育園の先生になるんだって」

「そりゃ、頑張らなくちゃ」


ある日、孝雄は登山の下山中に、右足のつけ根を痛めた。

足を引きずりながら家の中を歩いていると、綾子は何度も問いかける。

「おとうさん、どうしたの?」

「山で足を痛めて、つけ根が痛いんだ」

リハビリのために、居間にマットを敷いてストレッチをしていると問いかけてくる。

「どうしたの?」

「こうやって、足のつけ根の部分を伸ばすといいらしい」

「病院に行った方がいいよ」

「先週、病院に行ってレントゲンを撮ったら、脊柱管狭窄症なんだって」

「それって、どうすれば治るの?」

「老化からきてるので治らないらしい。

だけど、痛みは何としても取らなければな」

「大変だねえ」

同じことを何度も言われると孝雄はイライラするが、それは綾子が孝雄の様子を気にして聞いてくることと思うと、イライラした気持ちが収まる。


孝雄は綾子と一緒に居間で過ごすことが多くなった。

テレビを見ていると、綾子がよく孝雄に聞くことがある。

「このひと、誰だっけ」

孝雄も、顔は分かるが名前が出てこない。

「あれだよ、あれ、あれ。

それ、昔連続ドラマに出ていた……、顔は分かるけど名前が出てこんな」

「私も顔は分かる」

五分ほどしてから、また先ほどの話題になる。

「誰と結婚したひと？」

「うん〜、そこまでは覚えてないなあ」

「おとうさんも、ボケてきたね」

「お互い年だから、しょうがないな」

一緒に笑う。


綾子は、炊事や掃除をするときによく鼻歌を歌うようになった。

それを聞いていると、不思議と孝雄の気持ちが落ち着く。

お互いに居心地がいいのだ。

二層であると思っていた家庭が一体化して、孝雄と綾子の関係は深まっていくようであった。

第十三章　反フレイルの党

運転免許証の更新

孝雄は県警察本部運転免許課・高齢運転者サポートセンターからの封書を受け取った。運転免許証の更新に必要な「認知機能検査等に関する通知書」が入っていた。

孝雄は今年で七十七歳になり、認知機能の低下を感じるようになっていたので、合格できるかどうか不安であった。

「お母さん、認知機能検査に合格しないと運転免許証が更新できないんだって」

「そうなんだ、認知症の人は事故を起こすことが多いのかなあ」

「認知症の人が事故を起こしたニュースをよく見るよな」

「物忘れをしたり物覚えが悪かったりする人が事故を起こしやすいのは分かるけど、ルールを守らない人や乱暴な運転をする人の方が事故を起こしやすいと思う」

言われてみれば、そうである。

「認知機能の検査のほかに、運転適性性格テストもやった方がいいよな」

「おとうさんは見かけが若いし、まだボケてないので認知症の試験は合格すると思う」

「確かに、ボケてきた人は人相が変わってくるので、なんとなく見た目で分かる。

六十五歳からは高齢者、七十五歳になると後期高齢者といわれるようになったけど、高齢者を前期と後期に分けて呼ぶのは失礼だよな」

「見た目が若ければ、いいんじゃない」

「人生百年時代と言われ、七十歳過ぎても働けと言われたりする。

日本の政治家の派閥のボスは八十歳を超えてもやっているし、アメリカの大統領の候補は後期高齢者だ。

彼らにこそ認知症と適正性格検査を受けさせるべきじゃないか」

「そのうち、末期高齢者って言われるんじゃないの」

綾子が直近のことを忘れてしまうことは続いているが、このような話題であれば二人の会話は完璧に嚙み合うから不思議である。

中学校の同窓会

二〇二四年二月。

孝雄は、卒業した中学校の「同窓会（喜寿厄除）」開催案内の往復はがきを受け取った。開催日時は四月二十一日（日）十一時三十分、会場は十二年前に「卒業五十周年の同窓会」が開かれた〇〇神社で、ご祈祷を受けた後に懇親会が行われる。

さっそく、出席の返信はがきを幹事に送った。


当日、孝雄は定刻の三十分前に神社に到着し、子供の頃遊び回っていた境内を懐かしい想いで散策した。

孝雄が会場の受付に向かうと、クラスごとに設けられた受付の周りはすでに同窓生たちの輪ができていて賑やかである。

白髪であったり禿げたりして面変わりした人も見られる男性陣に対して、明るい色合いの装いの女性たちは華やかで若々しい。

孝雄が受付を済ますと背後から声が掛かった。

「山本、遅かったな」

スポーツジムで一緒であった中村である。

「おー、久しぶりやな。

おまえ、ジムで見かけんようになったがどうしとった」

「あの後すぐ胃がんが見付かってな。

手術をしてからやめることにしたんだ」

「そうか、大変だったなあ。

でも、今は元気そうじゃないか。

それに、随分とスマートになったなあ」

「体が軽くなって動きやすくなった。

最近は毎日一時間散歩をしていて、快調や!!」

「それはよかったなあ」

しばらくすると、幹事たちが大きな声で呼びかけた。

「皆さん、ご祈祷の時間です。御神殿に移動してください」

同級生たちはそろって御神殿に移動しご祈祷を受けたあと、懇親会の会場である参集殿に向かった。

会場には十のテーブルが並べられクラスの数字が書かれた札が立てられていて、それぞれがクラスごとに着席し、孝雄は中村の横の席に座った。

孝雄たちの学年は十クラスあり、一クラス五十五人であったので同窓生は五百五十人である。

孝雄がテーブルに置かれた参加者名簿を見ると、参加者は七十人（男子四十三人、女子二十七人）で前回の参加者九十五人と比べると二十五人少ない。

幹事長である林の開催の挨拶で始まり、ただ一人出席された恩師に対して謝意が述べられた後、五十八人の物故者に対する黙とうをして、恩師の乾杯の音頭で懇親会が始まった。

孝雄のクラスの出席者は八人で、うち女性は二人であった。

孝雄はどの顔も見覚えがあるが、半数ほどは名前が思い出せない。

孝雄の真正面の席に座っていた佐々木が、懐かしそうに声を掛けてきた。

「山本だよな。変わってないなあ。一目で分かる」

「佐々木、おまえも変わってないぞ」

「顔を見てるだけで、楽しくなるわ」

孝雄は、佐々木が中学時代に野球部であったことを思い出した。

「まだ、野球をやっているのか？」

「高校までやっていたけど、大学に入って辞めた。今は、地元のシニアソフトボールのチームに入ってやってるぞ。チームのエースや」

「それはすごいな」


参加者名簿を見つめていた中村が話しかけてきた。

「住所欄が空白になっている者が、随分いるなあ。おー、山田が来ていないと思ったら物故者になってるぞ」

「えー、ほんと!!

前はあんなに元気そうだったのになあ」

「こうやって、同窓会に出てこられるだけ幸せと思わんとなあ」

「山本、何をしんき臭い話をしとるんや」

ビール瓶を持って、野鳥撮影の師匠である加藤優介が現れた。

「ボチボチ、サンコウチョウがカップルになって巣づくりを始めるぞ。この時期を逃すと葉が茂ってきてサンコウチョウの姿が葉に被ってしまい、姿全体を撮るのが難しくなる」

「巣づくりを始めたら教えてくれよ」

「ＬＩＮＥで連絡するわ。

まあ、飲め」

会場の中をあちこち移動したり数人で集まったりする者たちがいて、賑やかになってきた。

「あんたは随分と若く見えるけど、何か秘訣があるの」

「そうそう、聞きたい、聞きたい」

隣のテーブルから、そんな女性たちの声が聞こえてきた。

それぞれが、中学生時代の思い出や健康維持の方法、趣味の話題などをしているようだ。

孝雄は恩師の席に移動して話しかけた。

「先生、お元気そうで何よりです」

「おー、ありがとう。

私は今年卒寿（九十歳）だが、まだまだ元気にやってるぞ。

君は、大還暦を知っているか。

私は、大還暦の百二十歳まで生きることを目標にしている」

「先生、それなら日本一の長生きになりますね」

「ワー、ハァー、ハー、そういうことだよ」

「私も、先生のように長生きできるよう頑張ります」

孝雄は、恩師の隣の席に座っている幹事長の林に声を掛けた。

「幹事、おつかれさま」

「いやあー、まいったよー。

同窓会の案内のはがきを出しても宛先不明で戻ってきてしまう者がいたり、返信はがきを返してこないのがいたりで、参加者の数を確定させるまでがなかなかだったわ」

「それは、大変だったなあ」

孝雄は、林のコップにビールを注いだ。


やがて林から中締めの挨拶があり、参加者たちは三々五々帰ることになった。

孝雄は歩いて自宅に向かった。

少し酒が回っていた。

極上の酔い心地であった。

（十二年ぶりだなあ……。

みんなに会えて、よかったなあ）

国道の交差点の信号が赤に変わり立ち止まった。
（ほんとに、いろんな人生があるんだなあ）
（今日来てなかった連中は、どうしているんだろう……）
信号が青に変わり横断歩道を渡り切ったとき、ふいに恩師のことが思い出された。
（ウーーン、
大還暦か……、百二十だって…、
すごいなあ、先生……）
家にたどり着くまで、加藤優介や中村、佐々木たちの元気そうな顔が何度も現れた。
（俺も頑張らなきゃなあ）

迷走と決断

孝雄は己の体力と精神力の衰えを覚えるとともに、綾子の生活支援や智恵子との面会などを続けていけるか不安になってきた。

孝雄の家系は、両親、兄弟ともにがんで亡くなっており短命である。

綾子の家系は両親、兄姉ともに長生きである。

どう考えても、自分ががんで先に死に、綾子の方が長生きしそうだ。

先に死んだら、年金が減って生活に困るだろう。

これから先の綾子のことが心配である。

智恵子姉さんも長生きしそうであり、施設に入ってはいるが面倒を見ていかなくてはならない。

孝雄は綾子と智恵子のことを洋平に任すわけにはいかないと思った。

でも、孝雄自身も認知症になるかもしれない。

そういったことを考えていると、孝雄の気持ちは沈んでくる。


孝雄は気持ちを切り替える。


綾子と一緒に旅行に出掛けたい。

温泉に入って、地元のおいしい料理を食べたい。

たまには、宿泊旅行にも行ってみたい。

吉田との交流は、できる限り続けたい。

一緒に山に登って、きれいな景色を見たい。

日本アルプスに登らなくても麓から山並みを眺め、季節の移り変わりを楽しみたい。


野鳥の写真を撮りたい。

二年前から始めた野鳥撮影は、趣味の領域に入っていた。

季節になるとやってくる野鳥たちを観察して写真を撮りたい。

面白い映画も見たいし、本も読みたい。

何のために生まれてきたか、
人は生老病死の苦しみを味わうために生まれてきたのではない。
【人生を楽しむ、喜びを味わうために生まれた】

限られたお金と時間の中で、これから何を優先するべきか、孝雄は改めて考えた。

ソファに寝そべって、十五年前に新聞に投稿した「アフ還の努め　五カ条」を思い返す。

そして十五年後の今、どこまで実践できているか振り返ってみた。

アフ還の努め　五カ条

高齢化が進む日本において、アフ還（アフター還暦）の人たちが今後どのように生きるかは、ますます日本の将来に与える影響が大きくなっています。

アフ還の一人として次の五カ条に心がけ、少しでも社会に貢献し負担を軽減する生き方をしていきたい。

アフ還の努め五カ条

一、今まで生きてこられたことに感謝する。

世話になった親、妻、子、兄弟、友人、社会に感謝して生きよう。

【両親にはいろいろ心配をかけたけれど、感謝の気持ちを抱く頃には亡くなっていて、感謝の気持ちは伝えられなかったなぁ。

綾子と智恵子姉さんには感謝しなければ。

洋平も嫁も、よくやってくれている】

二、世の中に恩返しをする。

仕事、親の介護、ボランティア、孫の世話、何でもいいから恩返しをしよう。

【綾子と智恵子姉さんの介護・支援は続けている。

ペットロボットの「あいちゃん」も綾子の相手をしてくれる。

孫の面倒もいろいろやらされているな。

これでも恩返しになるか】

三、健康に生きる努力をする。
スポーツ、散歩、趣味で健康の維持に努めよう。

【スポーツジムやウォーキング、山登り、野鳥の撮影を楽しんでいる】

四、明るい気持ちを持つ。
愚痴を言わない。

周りの人を和ませるような言動で笑いを取ろう。

【近頃、綾子との会話が増えてきたし、綾子も笑うようになった。

家の中が明るくなって、怒ることがなくなってきている。

愚痴を言うことはないな】

五、この世を去る準備をしておく。
残る人たちに迷惑がかからないように、準備をしておく。

【自分と綾子の遺言書を公証役場で作っているが、二人とも百歳まで生きるとなると預貯金が足らない。

やはり、ピンコロ頼りだな】

『孝雄、おまえが、今一番したいのは何なのだ!!』

『先のない人間がやりたいことを先送りするということは、やらないということだ!!』

心の中で声がする。

「そうだ、政党を立ち上げよう」

党名は、「**反フレイルの党**」とする。

党則は一項目である。

老人は健康寿命の促進に努め、ピンピンコロリで死ねるように努める。

党則に賛同する人が、それぞれ自覚して行動し実践する。

さて、どのようにして「**反フレイルの党**」を立ち上げるかである。

なかなか名案が浮かばない。

「そうだ、小説を書こう」

孝雄はパソコンに向かった。

（完）

著者プロフィール
愛田 幸夫（あいだ さちお）
1947年生まれ
愛知県出身

綾子とともに「反フレイル」

2024年12月15日　初版第1刷発行

著　者　愛田 幸夫
発行者　瓜谷 綱延
発行所　株式会社文芸社
〒160-0022 東京都新宿区新宿1－10－1
電話 03-5369-3060（代表）
03-5369-2299（販売）

印刷所　TOPPANクロレ株式会社

ISBN978-4-286-25873-7